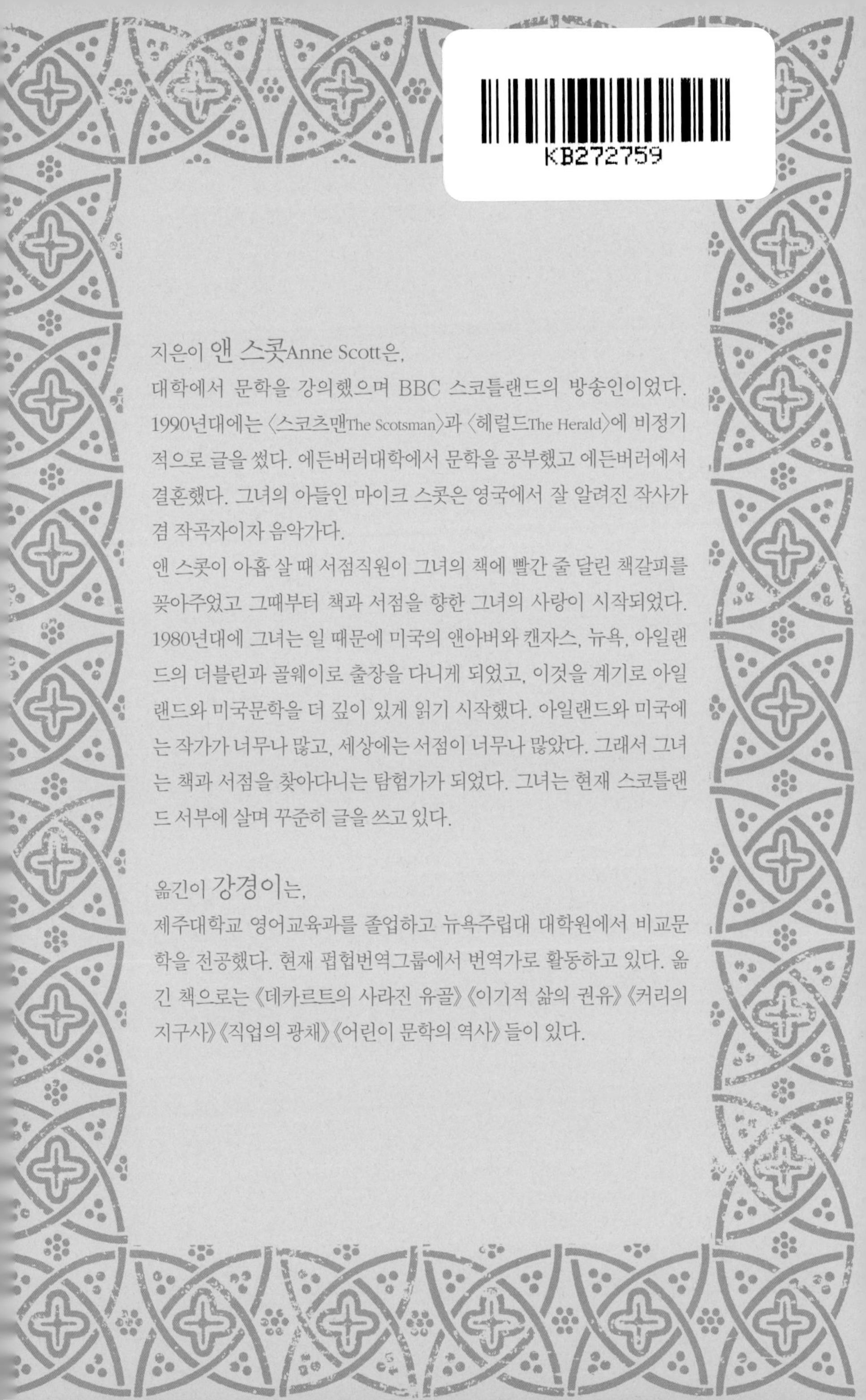

지은이 **앤 스콧**Anne Scott은,
대학에서 문학을 강의했으며 BBC 스코틀랜드의 방송인이었다.
1990년대에는 〈스코츠맨The Scotsman〉과 〈헤럴드The Herald〉에 비정기
적으로 글을 썼다. 에든버러대학에서 문학을 공부했고 에든버러에서
결혼했다. 그녀의 아들인 마이크 스콧은 영국에서 잘 알려진 작사가
겸 작곡자이자 음악가다.
앤 스콧이 아홉 살 때 서점직원이 그녀의 책에 빨간 줄 달린 책갈피를
꽂아주었고 그때부터 책과 서점을 향한 그녀의 사랑이 시작되었다.
1980년대에 그녀는 일 때문에 미국의 앤아버와 캔자스, 뉴욕, 아일랜
드의 더블린과 골웨이로 출장을 다니게 되었고, 이것을 계기로 아일
랜드와 미국문학을 더 깊이 있게 읽기 시작했다. 아일랜드와 미국에
는 작가가 너무나 많고, 세상에는 서점이 너무나 많았다. 그래서 그녀
는 책과 서점을 찾아다니는 탐험가가 되었다. 그녀는 현재 스코틀랜
드 서부에 살며 꾸준히 글을 쓰고 있다.

옮긴이 **강경이**는,
제주대학교 영어교육과를 졸업하고 뉴욕주립대 대학원에서 비교문
학을 전공했다. 현재 펍헙번역그룹에서 번역가로 활동하고 있다. 옮
긴 책으로는 《데카르트의 사라진 유골》《이기적 삶의 권유》《커리의
지구사》《직업의 광채》《어린이 문학의 역사》들이 있다.

오래된 빛

나만의 서점

18 BOOKSHOPS

18 BOOKSHOPS

Copyright ©Anne Scott 2011
Originally published in English under the title 18 Bookshops
This Korean edition is translated and used by permission of Sandstone Press LTD
through arrangement of rMaeng2, Seoul, Republic of Korea.
This korean Edition Copyright ©2013 by Alma Publishing Co., Ltd.

이 책의 한국어판 저작권은 알맹2 에이전시를 통한
저작권자와의 독점계약으로 알마 출판사에 있습니다.
저작권법에 의해 한국 내에서 보호를 받는 저작물이므로
무단 전재와 무단 복제를 금합니다.

오래된 빛

나만의 서점

18 BOOKSHOPS

앤 스콧Anne Scott 지음   강경이 옮김

alma

차례

처음
FIRST

어렸을 때 한두 해 동안 오빠가 토요일 아침마다 서점에 가서 펭귄책 Penguin book을 한 권씩 사 모으던 때가 있었다. 오빠는 서점에 갈 때면 나를 데리고 가곤 했다. 오빠가 잘 가던 서점은 내부가 커다란 보트처럼 구부러져 있었고, 보트의 뱃머리쯤에 펭귄책들이 하얀 바탕에 오렌지색, 분홍색, 초록색, 남색 줄무늬를 그리며 꽂혀 있었다.

오빠가 초록색 표지를 집어 드는 토요일은 미스터리 소설을 읽는 주말을 뜻했다. 분홍색은 여행을 떠나고 싶다는 뜻이다. 머나먼 칼라하리사막으로, 모로코의 마라케시로, 남태평양으로. 남색은 전기, 오렌지색은 소설이었다. 펭귄책은 초콜릿 바처럼 납작했고 만지는 느낌도 그만이었다. 오빠는 딱딱한 표지의 양장본 책도 모았다. 오빠 혼자 가서 사 오곤 했던 그 책들은 그림에 대한 책들로, 반짝이는 표지에 두께가 얇았다. 얼마 뒤 오빠는 나를 데리고 크로포드중고가구점에 가서 층마다 높이가 각기 다른 책장 하나를 신중하게 골라서 샀다.

그리고 몇 주 뒤 어느 토요일에 오빠와 함께 동네를 걸을 때였다. 혼스 식료품 가게 밖에 버려진 빈 오렌지 상자가 눈에 띄었다. 가운데에 널찍한 버팀대가 있고, 위에는 오렌지가 화사하게 그려진 얇은 미색 나무로 된 상자였다.

"오빠!" 내가 작은 소리로 속삭였다. "책장!"

"가 보자," 오빠가 말했다. "혹시 주실지 몰라."

오빠가 가게에 들어가 물어봤고, 우리는 그 상자를 얻었다. 그날 저녁 나는 몇 권 되지 않는 내 책을 상자에 넣었다. 학교 성경책과 빨간색 사전, 《회색 부엉이》《로빈슨 크루소》그리고 내 교지들을 낮은 선반에 눕혀서 꽂았다.

그래서 내 첫 책들에서는 늘 오렌지 향이 났다.

다음 주 토요일에 오빠는 내게도 페이퍼백을 한 권 사주었다. 나는 이브 가네트Eve Garnett의 《막다른 골목의 일곱 아이들The Family from One End Street》을 골랐다. 서점직원이 빨간 줄 달린 책갈피를 책의 첫 페이지에 선물로 꽂아주었다. 그리고 우리는 커다란 보트의 뱃머리로 올라가서 오빠의 펭귄책을 한 권 골랐다.

어쩌면 이 책은 그날 태어났는지도 모른다.

I

컴펜디엄서점
Compendium Bookshop

캠든 하이 스트리트, 런던
Camden

COMPENDIUM

바람 실은 돛

COMPENDIUM

1968년 여름, 나는 에든버러의 한 서점에서 런던 토박이이자 신인 스파이 소설가인 렌 데이튼Len Deighton이 쓴 런던 가이드북을 발견했다. 《런던 사건 기록London Dossier》이라는 이 책은 아주 적은 돈으로 런던에서 일주일 동안 안전하게 머물면서 문화를 즐기고 싶은 사람, 곧 나를 위한 책이었다.

그해 겨울에 나는 데이튼의 책을 외우다시피 했다. 그리고 이듬해인 1969년, 우드스탁 페스티벌 시즌 무렵에 열 살짜리 아들을 데리고 에든버러의 웨이벌리 역에서 2층침대차를 탔다. 나는 런던의 마운트플레전트호텔을 미리 예약해둔 상태였고 우리는 그렇게 런던의 품으로 뛰어들었다.

아들은 지도를 손에 쥐고 지하철 노선도를 통달했다. 우리는 지하철을 타고 남쪽으로 템즈 강까지 간 다음 런던 순환선을 타고 음악 잡지와 레코드를 사기 위해 중심지로 들어갔다. 하루는 렌 데이튼의 가이드북을 따라

노던라인 지하철을 타고 초크팜 역에 있는 마린아이스레스토랑을 찾아가기도 했다. 아직까지도 그 이름에 가슴이 설레는 곳들이다. 그날 저녁 우리는 레스토랑 맞은편의 공연장 라운드하우스The Roundhouse에서 니콜 윌리엄슨Nicol Williamson이 연기하는 햄릿을 봤다.

렌 데이튼의 가이드북은 우리의 여행 계획에 대단한 영향력을 발휘했다. 그의 책이 1년만 늦게 나왔어도 새롭고 독특한 그리고 어디에서도 구하기 힘든 책들을 구비한 '컴펜디엄'서점을 놓치지 않았을 텐데. 컴펜디엄서점은 1968년에 캠든 하이 스트리트 240번지에 처음 문을 열었고, 1972년에는 281번지도 사용할 정도로 세를 확장했다. 그리고 1975년 여름, 내가 드디어 이 서점을 발견했을 때는 234번지에 자리를 잡고 있었다.

내가 처음 컴펜디엄을 찾았을 때는 서점이 234번지로 옮겨온 지 몇 주 되지 않았을 무렵이었다. 목공작업이 아직 끝나지 않았고 반짝이는 흰 책장에서 소나무 향이 풍겨, 서점에 가득했다. 두꺼운 책, 얇은 책, 환한 표지의 책. 손을 뻗어 만져보고 싶었다. 나는 책을 좀 안다고 자부했는데 컴펜디엄서점에는 처음 접하는 작가가 많았다. 통로마다 낯선 표지와 이름이 가득했다. 내가 한 번도 읽어보지 못한 철학자와 포르투갈 시인, 아프리카 소설가들이 있었다. 당시는 스페인의 프랑코독재가 막바지에 다다른 때였는데 컴펜디엄에는 스페인 시인 미구엘 아르난데스Miguel Harnandez의 시집이 있었고 페데리코 가르시아 로르카Federico Garcia Lorca의 《피의 혼례Blood Wedding》와 《베르나르다 알바의 집The House of Bernarda Alba》도 서가에 꽂혀 있었다. 라틴아메리카의 파블로 네루다와 호르헤 루이스 보르헤스도 있었다. 그 무렵 내가 보르헤스에 대해 아는 것이라고는 10년 전 스코틀랜드에서 소설을 쓰던 제임스 케너웨이James Kennaway에게 영감을 주었다는 정도였다. 흔치 않은 책이 책장마다 가지런히 꽂혀 있었다. 당시 컴펜디엄서점의 앤 셰퍼드Ann Shepherd 는 영국 최초의 지성과 영성 컬렉션이라 불릴 만한 책들로 서가를 메우는 중이었다.

컴펜디엄의 유명한 서점직원인 닉 킴벌리Nick Kimerley(훗날 오페라 평론가로 활동함-옮긴이)가 좀처럼 접하기 힘든 작가들의 작품으로 시집 코너를 처음 꾸미던 1968년에 내가 이곳에 있었더라면 얼마나 좋았을까? 닉 킴벌리는 1975년에도 그런 작가들을 끊임없이 소개하고 있었다. 그는 프랭크 오하라Frank O'Hara(어찌된 일인지 나는 그의 시를 훨씬 나중에 뉴욕에서 발견했다)와 존 애시베리John Ashbery, 찰스 올슨Charles Olsen 같은 뉴욕 시인들을 소개했다. 샌프란시스코의 시티라이츠서점City Lights Bookshop(독립 출판사 겸 서점으로 앨런 긴스버그와 잭 캐루악 등 비트세대 작가들의 산실-옮긴이)에서 발간한 샌프란시스코 시리즈를 비롯해 로런스 퍼링게티Lawrence Ferlinghetti의 글과 앨런 긴스버그Allen Ginsberg의 《아우성Howl》, 잭 케루악Jack Kerouac의 소설 《길 위에서On the Road》도 서점에 들여놓았다. 물론 잭 케루악의 시집과 그가 1959년 추수감사절에 샌프란시스코에서 롱아일랜드까지 어머니를 만나러 가는 여행길에 쓴 하이쿠집 《트립-트랩Trip-Trap》도 빼놓지 않았다.

잭 케루악은 컴펜디엄서점과 비슷한 구석이 있었다. 그는 고루하지 않았고, 열정적으로 또는 완고하게 자신의 취향을 따랐다. 창작을 숭배했고, 시류와 고정관념을 거침없이 거슬렀다. 그의 전기작가이자 친구인 앤 차터스Ann Charters가 미국에서 컴펜디엄서점까지 와서 강연을 한 적이 있었다. 그녀는 비트세대Beat generation(1950년대 샌프란시스코와 뉴욕을 중심으로 등장한 문학가와 예술가들. 기존 질서에 대한 저항과 형식의 실험을 특징으로 함-옮긴이)와 프랭크 오하라를 주제로 강연했다. 나중에 브라이언 패턴Brian Pattern을 비롯한 리버풀 시인들이 컴펜디엄서점에서 열린 시 낭송회 자리를 빌려, 용감하게도 새로운 목소리를 낸 뉴욕의 작가들에게 고마움을 전한 적도 있었다. 나는 컴펜디엄서점만큼 그런 작가들의 책을 쉽게 만날 수 있는 곳을 보지 못했다.

컴펜디엄서점의 지적 수준은 대단했다. 직원들은 각자 자기 분야의 전문가였다. 궁금한 작가에 대해 물어보면 거의 짧은 세미나 수준의 설명을 들을 수 있었다. 손님들에게 필요한 책이나 시리즈도 기꺼이 찾아주었다. 컴펜디엄을 이룬 자본과 태도, 이상은 1967년에 라운드하우스에서 열린 '해방의 변증법 학회'The Dialectics of Liberation Conference'(사회제도에 내재한 온갖 형태의 폭력을 깨닫고 새로운 행동을 탐색하자는 목표로 열린 학회로, 이 학회에서 의기투합한 사람들이 영국의 반-대학anti—university을 세워 급진정치학과 실존주의심리학, 아방가르드예술을 탐구했으나 1년 뒤 해체되었다. 다이애나 그라빌Diana Gravill을 비롯한 반-대학 출신들이 주축이 되어 컴펜디엄서점을 시작했다-옮긴이)에서 시작되고 구체화되었다. 컴펜디엄의 책들은 결코 주류사회의 전통이나 기대, 순응주의에 갇혀 있지 않았다.

나는 컴펜디엄에서 만난 쾌활한 미국인 여성 직원을 통해 앨리스 워커Alice Walker의 《컬러 퍼플The Colour Purple》과 마야 안젤루Maya Angelou의 《새장에 갇힌 새가 왜 노래하는지 나는 아네I Know Why the Caged Bird Sings》를 처음 만났다. 또한 피터 드 브리스Peter de Vries의 《사과로 나를 시원하게 하라Comfort Me with Apples》와 제롬 샐린저Jerome Salinger의 《목수들아, 대들보를 높이 올려라Raises High Roofbeam, Carpenters》도 소개받았다.

1970년대와 1980년대 초반에 오빠가, 그리고 나중에는 아들이 런던에 살기 시작하면서 내가 런던에 머무는 시간도 늘어났다. 매해 봄이면 주말을 낀 연휴를 얻을 수 있었는데 그때마다 런던과 사랑에 빠졌다. 나는 베드포드 플레이스에 자리한 펜클럽Penn Club의 회원이 되었고, 덕택에 런던에 머무는 아침마다 블룸즈버리 소공원의 나무들 위에서 아침을 맞이할 수 있었다. 펜클럽은 코벤트 가든과 노상 카페와도 가까웠다.

나와 같은 스코틀랜드 출신인 마이크 하트Mike Hart는 1982년부터 컴펜디엄에서 일하기 시작했다. 그 후 10년간 그는 톰 레너드Tom Leonard와 제임스 켈먼James Kelman 같은 작가들을 내게 소개했고, 앨러스데어 그레이Alasdair Gray의 《라나크Lanark》로 나를 이끌었으며, 제임스 케너웨이의 소설을 더욱 깊이 이해할 수 있게 했다. 모두 스코틀랜드 작가인 이들의 책은 내가 사는 스코틀랜드에서도 쉽게 구할 수 있었다. 하지만 컴펜디엄에 가면 마이크가 있었다. 마이크는 책 한 권을 들고 다가와 잠시 고민하다가 얼른 책장을 펼쳐서 읽곤 했다. 군더더기 없이 빠르고 차분하게 읽어 내려가는 그의 목소리를 듣노라면 종이와 활자가 사라지고 작가의 머릿속에서 울리는 소리를 직접 듣는 듯했다. 그는 한 문단, 혹은 한 연 정도를 읽고 나서 읽던 페이지를 펼쳐둔 채 자리를 떴다. 그 모든 일이 불과 1~2분 사이에 일어났다. 그 짧은 순간에 그의 목소리와 그가 읽는 언어, 시간과 장소가 한데 어우러졌다. 나는 언어를 다루는 사람 중에 그렇게 열린 생각을 가진 사람을 보지 못했다. 이는 제임스 보즈웰James Boswell이 새뮤얼 존슨Samuel Johnson을 평할 때 했던 말이기도 하다.

1986년에 나는 미국의 앤아버와 캔자스시티에서 열리는 책 행사에 참가하기 위해 처음으로 대서양을 건넜다. 그곳에서 사귄 친구 하나가 내게 정말 미국적인 선물을 주었다. 성조기가 그려진 주소 꼬리표와 긴 지퍼가 달린 '책가방'이었다. 그곳에서 얻은 미국 책들을 영국에 가져가려면 필요할 거라고 했다. 책가방을 가져보긴 처음이었다.

미국에서 만난 작가들은 자신의 책을 아낌없이 주었다. 로버트 코마이어Robert Cormier가 《초콜릿 전쟁Chocolate War》을 주었고, 신지학Thesophy(직관을 통해 신과 자연의 본질을 인식하려는 신비주의의 일종-옮긴이) 신봉자 존 알지오John Algeo가 《오즈의 마법사》 초판에 대한 자신의 가제본 도서를 주었다. 그들은 한결같이 "런던의 서점에서는 구하기 힘들 것 같아서"라고 말했다. 하지만 그 무렵 컴펜디엄서점은 코마이어 책을 전부 구비하고 있었고, 프랭크 바움Frank Baum의 《오즈의 마법사A Wizard of OZ》는 재판된 희귀본까지 갖추고 있었다.

내가 미국에서 산 책 중에서 아직까지 갖고 있는 책을 대충 꼽아보면 월트 휘트먼Walt Whitman과 마야 안젤루의 책, 템스앤드허드슨출판사에서 발행한 위엄 있는 《헨리 제임스와 그의 세상Henry James and His World》, 미국의 시인 엘리자베스 비숍Elizabeth Bishop과 에밀리 디킨슨Emily Dickinson의 시집 정도가 있다. 나머지 책들은 '내 책들'과 동화되어서 이제는 얼른 눈에 들어오지 않는다. 나는 1992년에 아들과 함께 뉴욕에 갔다가 그리니치빌리지에서 프랭크 오하라의 획기적인 시들을 발견했다. 그의 시에 대한 마이크 하트의 의견을 들어봤더라면 좋았을 텐데. 내가 프랭크 오하라의 시집을 이것저것 사 모으고 그의 예술비평과 전기에 눈을 뜰 무렵인 2001년에 컴펜디엄서점은 문을 닫았다. 그리고 1년 후 마이크 하트는 세상을 떠났다. 캠든 하이 스트리트의 오래된 작은 가게들도 사라졌다. 과일가게, 철물점, 빵집, 생선가게. 창문에 정답게 붙은 상호를 이제 더는 볼 수 없게 되었다.

하지만 내게 남아 있는 컴펜디엄서점의 자취는 그곳에서 구입한 책만이 아니다. 컴펜디엄이라는 장소와 그곳의 사람들을 통해 나는 새로운 사실을 깨달았다. 그건 바로 내 옆에 나란히 서서 책을 읽는 사람이 나와는 또다른 세상을 거닐고 있는, 이 서점이라는 곳이 가늠할 수 없을 정도로 기이한 공간이라는 사실이었다. 거리에서 보면 컴펜디엄서점의 유리문은 늘 열려 있었고, 넓은 유리창 너머로 진열된 책들이 보였다. 그 거리는 얼마나 분주했던가. 고르지 않은 길 위에서 짐을 싣는 사람, 옮기는 사람, 차에 타는 사람, 출발하는 사람. 분주한 거리를 건너 서점 안에 들어서면 열심히 일하는 사람들, 준비된 지성, 새로운 발견이 늘 나를 기다리고 있었다.

그리고 나를 도와주는 사람이 언제나 있었다. "혹시 … 있나요?" 하고 물으면 솔향기 풍기는 책장 사이로 서점직원이 틀림없이 다가오곤 했다. 나는 그들에게, 그들의 반짝이는 눈빛에 익숙해졌고 내 삶 속에서 그곳의 형체와 질서를 이해했다.

내 마음속의 세계. 이마고 문디Imago Mundi(세상의 이미지-옮긴이).

2

체프먼 앤드 밀러
CHEPMAN AND MYLLAR

에든버러 1507~1510년
EDINBURGH

Walterus · chepman
Androv myllar

3년의 빛

물론 이 모든 일의 배후는 국왕이었다. 에든버러에 출판사를 만드는 모든 계획 뒤에는 스코틀랜드의 국왕 제임스 4세가 있었다. 그는 르네상스 군주였다. 기획가이자 군인이며 언어학자였고, 학식 있는 군주에 고귀한 지성을 가진 사람이었다. 셰익스피어가 그에게 햄릿의 영혼을 불어넣은 것 같았다. 북부 스코틀랜드의 이 르네상스 맨은 훗날 결국 인척과의 조약 때문에 죽었다.

1507년, 그의 왕국은 활기에 넘쳤다. 2년 전, 제임스 4세는 에든버러 동업조합의 명실상부한 회원이 된 이발사 겸 의사들에게 왕립의과대학 설립을 허가했다. 당시 스코틀랜드에는 대학이 세 곳 있었다. 세인트앤드루스대학, 애버딘대학, 글래스고대학. 그는 동맹을 맺은 잉글랜드 헨리 7세의 딸과 결혼했고, 뉴헤이븐 부두에 세계 최대의 배를 수주했다.

　　바로 대천사 미카엘의 이름을 딴 그레이트미카엘The Great Michael 호였
다. 그레이트미카엘 호와 더불어 스코틀랜드는 유럽 최고의 해군력을 갖추
게 되었다. 또한 제임스 4세는 예술가와 음악가들을 후원했고 시민들에게
건강과 품위, 자기방어를 위해 양궁을 권장했다. 그는 책을 귀하게 여겨 유
럽 전역에서 필사본을 사들였으며 피지와 사슴가죽과 벨벳으로 제본하고
금박 글씨를 찍은 프랑스의 인쇄물들도 수집했다. 그 자신이 뛰어난 협상가
이자 외교관이었던 제임스 4세는 재능과 성실성을 겸비한 젊은이들을 뽑아
서 국왕의 비서실에서 일하게 했다. 그들이 주로 하는 일은 서한을 작성하
는 것이었고, 작성한 서한 밑에는 국왕의 서명과 옥새가 찍혔다. 그들이 바
로 궁정서기관Writers to the Signet이었다.

　　1494년부터 궁정서기관으로 일하기 시작한 젊은이 중 하나가 월터 체
프먼Walter Chepman이다. 당시 그는 제임스 4세와 같은 나이인 스물한 살이었
지만 이미 유럽 전역에서 교역을 하는 상인이기도 했다. 그는 조선용 목재
와 양모, 벨벳, 다마스크 직물을 거래했다. 1507년 제임스 4세의 부름을 받
았을 때 그는 에든버러에 국립출판사를 세우겠다는 국왕의 꿈을 기꺼이 실
현할 의지가 있었다. 체프먼은 이 새로운 사업으로 자신 또한 재정적으로
이윤을 얻을 것이라 기대했다. 우선 출판과 인쇄업에 경험이 있는 동업자가
필요했다. 그는 앤드로 밀러Andro Myllar에게 도움을 청했다. 앤드로 밀러는
에든버러의 서적상으로, 제임스 4세에게 해외에서 인쇄된 책을 공급하기
도 했다. 그는 아마 프랑스의 루앙에서 책을 구했을 것이다. 루앙은 스코틀
랜드 저자들이 자신들의 작품을 보내 인쇄하던 곳이었고, 밀러 자신이 인쇄
업을 배운 곳이기도 했다.

그는 여러 해 동안 프랑스와 독일을 돌아다니며 책을 구해 에든버러에 공급해온 서적상이었다. 15세기에도 구입할 책은 많았다. 1497년에 스코틀랜드 세인트 앤드루스의 대주교는 스무 권이 넘는 수입도서를 서재에 갖추고 있었다. 스코틀랜드 저자들은 자신의 원고를 외국에 보내 인쇄했고, 앤드로 밀러를 비롯한 몇몇 서적상이 그렇게 인쇄된 책을 다시 가져와서 팔았다.

책의 주제도 다양했다. 1495년 스코틀랜드 태생의 제임스 리들스James Liddell이 당시 그가 가르치던 파리대학에서 철학책을 출판했다. 그의 책은 스코틀랜드 저자의 책이 다시 스코틀랜드로 수입된 최초의 사례였을 것이다. 1505년 앤드로 밀러(안드레아스 밀라르 스코투스)는 문법책과 미사전서 해설서의 제작을 주문하면서 인쇄공들에게 숙련된 기술과 성실성, 두 가지를 요구했다고 한다. 그는 프랑스 루앙의 인쇄소에 제작과 교정을 맡겼는데 프랑스 인쇄공들에게 자기만큼 정확하고 솜씨 있게, 헌신적으로 책을 만들어달라고 주문했다. 그에게는 명성이 전부였다. 그는 고객과 서적 수집가들에게 자신이 루앙에 가서 없을 적에는 아내가 주문을 받아서 그가 돌아올 때까지 안전하게 보관하겠다는 보증을 했다. 그는 책의 완전무결함을 보장하는 약속이자 인장으로 방앗간 주인이 사다리를 타고 올라가는 이미지를 사용했다. 제프리 초서Geoffrey Chaucer도 아마 그를 존경했을 것이다. 14세기의 전통적인 관점에서 봤을 때 그는 훌륭한 사회인의 본보기였다.

1507년 후반에 앤드로 밀러는 아예 인쇄소를 프랑스에서 에든버러로 옮겨왔다. 스코틀랜드 동해안까지는 배로, 그다음에는 마차와 수레로 에든버러까지 옮겼다. 사상 초유의 위험천만한 이 여행을 위해 금속활자를 나무

궤에 넣고, 유성 잉크를 병에 넣어 봉했다. 인쇄기의 부품과 판은 신중하게 천으로 감싸서 활자와 마찬가지로 궤에 조심스럽게 넣었다. 외국인 인쇄공들이 함께 따라왔다. 아마 밀러도 처음부터 끝까지 동행했을 것이다. 마침내 모두 에든버러에 도착했고, 체프먼이 캐넌게이트 근처 블랙프라이어스 윈드 끝의 사우스게이트에 마련해둔 작업장에 짐을 풀었다.

1507년 9월 15일에 제임스 4세는 체프먼앤드밀러를 왕실 지정 출판사로 공식 선언하는 칙허장을 내렸다. 칙허장은 이렇게 승인한다. 짐의 "친애하는 신하 월터 체프먼과 앤드로 밀러가 인쇄소와 그에 수반된 모든 부품과 인쇄 작업에 필요한 숙련공들을 고국으로 데려와 왕국의 법전과 의회 법령, 연대기, 짐의 왕국에서 쓰이는 미사 전례서, 성무일도서를 국내에서 인쇄할 것이다". 제임스 4세는 또한 체프먼앤드밀러출판사의 재정을 보조하는 승인장을 작성하는 일에도 착수했다. 아마 궁정서기관이던 체프먼의 손을 빌렸을 것이다.

칙허장에서 가장 눈길을 끄는 구절은 미사 전례서와 성무일도서를 언급한 부분이다. 칙허장의 뒷부분에 이르면 미사 전례서와 성무일도서를 인쇄하는 과업이 더욱 강조된다. 이러한 신앙 서적은 "인쇄되고 공급되는 즉시 짐의 왕국 전역에서 공통으로 사용될 것이며 솔즈베리 전례Use of Salisbury(영국 솔즈베리 교구 주교좌 성당을 바탕으로 발전한 영국에서 가장 영향력 있는 미사 전례-옮긴이) 책의 판매는 앞으로 짐의 왕국에서 금지될 것이다".

제임스 4세가 왜 다급하게 스코틀랜드에 출판사를 만들려 했는지 알 수 있는 대목이다. 그는 스코틀랜드 미사에 침투하던 당시의 잉글랜드 미사 양식을 묵과할 수 없다고 생각했다. 특히 제임스 4세의 고문관이자 애버딘의 주교인 윌리엄 엘핀스톤William Elphinstone은 잉글랜드 미사 양식의 침투를 얼마나 불쾌하게 여겼던지 《스코틀랜드 성무일도서Scots Breviary》를 출판하려고 이미 준비해둔 상태였다. 이런 측면에서 보자면 에든버러출판사는 자국의 종교를 수호하려는 국가의 도구였다고 할 수 있다.

초보 아닌 초보 출판사는 그 후 어떻게 됐을까? 그해 에든버러의 겨울은 얼마나 혹독했을까? 스코틀랜드인들과 프랑스 숙련공들의 대화는 얼마나 힘들었을까? 체프먼과 밀러는 얼마나 노심초사했을까? 우리는 결코 알 수 없다. 어쨌든 1508년 4월 4일, 그들은 스코틀랜드 최초의 인쇄일자가 찍힌 책을 내놓았다. 잉글랜드의 수도사이자 시인인 존 리드게이트John Lydgate의 장시로, 〈초서의 5월의 노래The Maying or Disport of Chaucer〉《《흑기사의 불만The Complaint of the Black Knight》〉이라는 제목의 로맨스 작품이었다.

그 후 몇 달 동안 체프먼앤드밀러출판사는 시와 산문 시리즈로 구성된 소책자 아홉 권을 냈다. 총 216쪽 분량이었다. 인쇄물에는 당대 스코틀랜드 시인인 윌리엄 던바William Dunbar와 로버트 헨리슨Robert Henryson의 시도 있었고, 로맨스 작품과 서정시와 산문이 있었다. 책은 15센티미터 정도의 길이로 손에 잡기에 좋아서 독자들은 헨리슨의 《오르페우스와 에우리디케Orpheus and Eurydice》 그리고 던바의 《황금 방패Golden Targe》와 《두 명의 기혼녀와 미망인The Twa Merrit Wemen and The Wedow》 같은 작품을 들고 다니며 읽을 수 있었다. 당시에는 정원에서 독서를 하거나 짧은 연극을 하기도 했는데, 사람들은 이런 책을 정원에 들고 나가서 읽거나 마차를 타고 가는 길에 소일거리로 읽으면서 일상적인 독서를 할 수 있게 되었다. 그렇게 해서 혼자 책을 읽는 즐거움이 널리 퍼지기 시작했다. 필사본은 들고 다니기 조심스러웠지만 제본된 책은 안전했다. 이제 스코틀랜드의 시는 사람들의 정신에도, 테이블에도 안전하게 배달되었다. 책을 인쇄하는 일은 필사본을 만드는 일보다 시간과 노력이 덜 들었다. 그리고 스코틀랜드에서 인쇄한 책은 프랑스 수입도서보다 저렴했다. 작은 개인 서가가 생겨나기 시작했고, 무엇보다 서적상이 늘어났다.

몇몇 역사학자들은 체프먼앤드밀러출판사가 인쇄기 작동을 시험하기 위해 시를 우선 출판했다고 주장한다. 그럴지도 모른다. 하지만 진짜 그렇다는 증거는 없다. 그러나 윌리엄 캑스턴William Caxton(15세기에 활동했던 영국 최초의 인쇄업자—옮긴이)이 출판한 초서의 《캔터베리 이야기Canterbury Tales》가 초서의 이름을 널리 알렸듯, 체프먼과 밀러는 자신들의 출판사가 스코틀랜드 시인들의 이름을 스코틀랜드와 잉글랜드 두 왕국에 널리 알릴 것이라는 사실을 내다봤을지 모른다. 당시 윌리엄 던바는 이미 스코틀랜드의 궁정시인이었고, 덤퍼린에서 글을 쓰던 로버트 헨리슨은 던바를 능가한다고, 어쩌면 제프리 초서조차 능가한다고 훗날 인정받았다. 하지만 그런 찬사를 받은 것은 훨씬 나중인 20세기의 일이다.

체프먼앤드밀러출판사가 1508~1509년에 출판한 책 중에서 현재까지 남아 있는 것은 시집 한 세트뿐이다. 스코틀랜드국립박물관에 가면 체프먼앤드밀러출판사가 발간한 아홉 권의 책을 만날 수 있다. 《스코틀랜드 미사 성무일도서The Scottish Breviary of The Mass》는 계획대로 1509년 말, 혹은 1510년 초에 제임스 4세와 엘핀스톤 주교를 위해 성공적으로 출판되었다.

그 후로 체프먼앤드밀러출판사가 책을 발간했다는 기록은 없다. 앤드로 밀러에 대해서는 1513년 이후로 남겨진 기록이 없고, 체프먼의 이름만 성무일도서에 찍혀 있다. 제임스 4세는 1513년에 플로든전투The Battle of Flodden(잉글랜드와 스코틀랜드의 전투로 제임스 4세를 비롯한 많은 스코틀랜드인이 전사하여 스코틀랜드의 참패로 끝났다-옮긴이)에서 전사했다. 홀리로드에 있던 그의 르네상스 궁정은 몰락했고, 궁정의 몰락과 더불어 문학 후원도 사라졌다. 제임스 4세의 뒤를 이어 즉위한 아들 제임스 5세는 아기였다. 그 후 17년간 섭정이 제임스 5세의 제도적 권력을 제한했다. 1528년에 월터 체프먼은 상인으로서 만족스러운 삶을 마감했다. 1507~1510년 사이의 3년 동안 그가 출판업에서 이룬 놀라운 일에 대한 더이상의 언급은 없었다.

1532년이 되자 제임스 5세가 왕실 출판사를 부활시켰다. 당시 하이 스트리트의 인쇄업자인, 에버딘셔 버스 출신의 토머스 데이비드슨Thomas Davidson이 왕실 출판업자로 지정되었다. 10년 뒤 제임스 5세는 '하이 스트리트 북쪽', 한때 월터 체프먼이 살았던 집을 그에게 내주어 인쇄와 서적판매를 하도록 했다.

월터 체프먼의 아들인 데이비드 체프먼David Chepman은 1526년부터 1541년까지 에든버러에서 책 제본업을 했고 왕실 주문도 받았다. 1539년에 그는 왕비를 위한 아침 기도서를 제본하고 금으로 테두리를 칠했다.

그러나 1508년의 위대했던 체프먼앤드밀러출판사와 사우스게이트에 위치했던 그들의 인쇄소 겸 서점에 대해서는 이 시기에 아무런 기록이 없다. 체프먼과 밀러 역시 한때 스코틀랜드 국왕을 위해 일했다. 스코틀랜드 미사의 수호자를 자처했던 스튜어트 왕가의 제임스 4세를 위해.

제임스 4세의 출판업자들은 예견했지만 제임스 4세는 미처 내다보지 못한 점이 있다. 바로 스코틀랜드 왕실 출판사의 첫 출판물인 시집이 신앙 서적보다 더 위대한 업적으로 남았다는 점이다. 체프먼앤드밀러출판사의 첫 출판물들인 시집을 통해 윌리엄 던바와 로버트 헨리슨의 이름이 유럽 도처의 서적상들에게 알려졌고, 그들의 문학이 르네상스문학의 주류에 합세했다. 1604년과 1605년, 1607년에 에든버러의 출판사 차터리스Charteris는 헨리슨의 작품 〈크리세이드의 유언The Testament of Cresseid〉의 재판을 출간하기에 이르렀다. 그 무렵 잉글랜드의 법관과 외교관들은 이 시를 통해 중세 스코틀랜드어와 스코틀랜드 문화를 공부하느라 여념이 없었다. 제임스 4세의 증손자인 스코틀랜드 국왕 제임스6세가 스코틀랜드와 잉글랜드 통합왕국의 제임스1세로 즉위하여 그들의 군주가 되었기 때문이다.

3

패럿 서점
The Parrot

세인트 폴스 처치야드, 런던 1609년
St. Paul's Churchyard

The Parrot

세익스피어의《소네트》초판을 팔다

The Parrot

1608년에 패럿서점을 연 윌리엄 애스플리William Aspley는 자신의 서점이 이듬
해 봄에 벌어질 역사적 사건의 무대가 되리라고는 예견하지 못했다. 당시
세인트 폴스 처치야드에는 이미 서른 곳의 서점이 이 고대 묘지 위에서 성
업 중이었다. 애스플리의 서점은 동쪽으로는 토머스 클라크Thomas Clarke의
엔젤The Angel서점과 내벽을 공유했고, 서쪽의 좁은 골목 맞은편에는 에드워
드 비숍Edward Bishop이 운영하는 널찍한 브레이즌서펀트Brazen Serpent서점이
가로로 길게 자리를 차지하고 있었다.

　　당시 세인트 폴스 처치야드에는 여러 서점의 간판이 화려한 색깔과 문
양을 뽐내며 깃발처럼 걸려 있었다. 볼The Ball, 플뢰르 드 뤼The Fleur de Lys, 골
든 라이언The Golden Lion, 그린 드래곤The Green Dragon, 화이트 그레이하운드The
White Greyhound, 홀리 램Holy Lamb, 피콕Peacock, 피전Pigeon, 피닉스Phoenix⋯. 한 서

점의 간판을 떼서 옆 서점에 붙여도 달라질 게 없을 풍경이었다. 사실 1642년에 프랜시스 에글레스필드Francis Eglesfield가 서점을 동쪽으로 세 칸 이전할 때 그렇게 했다. 하지만 서점들은 어느 하나 서로 같지 않았다. 내부 크기도 달랐고, 서점의 앞모습도 달랐다. 그중 킹스암스The King's Arms서점이 가장 넓었다. 1666년 런던 대화재로 건물의 토대가 드러난 뒤에 그려진 지도로 보면 면적이 거의 72제곱미터에 달한다.

패럿서점은 가게 앞면 너비가 5.4미터, 내부로는 길게 7미터 넓이였다. 위층이 있었던 것 같지는 않다. 당시 세인트 폴스 처치야드에는 상당히 큰 건물도 있었는데 1층부터 위층까지 서점으로 사용하기도 했다. 어느 서점이든 패럿서점처럼 책 선반 옆의 여유 공간마다 탁자와 의자를 갖다놓았다.

서점의 외관은 어떠했을까? 대개 유리창 위에 나무판을 비스듬히 달고, 거리나 가게 벽에 버팀목을 세워 지탱했다. 가끔 이 나무판 끝에 작은 지붕을 덧대어 달개지붕이나 차양을 만들기도 했다. 반면에 '오두막shedde'이라는 구조는 기본적으로 가판대나 다름없었다. 상품진열대와 차양에 경첩을 달아 셔터처럼 닫을 수 있도록 만든 형태였다. 에든버러의 '루켄부스'Lukenbooths(1640년 에든버러의 세인트 자일스 교회 북쪽에 만들어진 스코틀랜드 최초의 상설가게들-옮긴이), 곧 붙박이 가판대와 거의 비슷했다.

1600년 무렵에는 서점과 서적 가판대가 각각 고정된 자리를 잡았지만, 14세기와 15세기의 서적상들은 이동식 접이 부스와 가판대를 이곳저곳으로 옮겨 다니면서 필사본과 두루마리, 손으로 쓴 책력과 기도서를 팔았다. 이런 부스와 가판대는 언제든지 휙 접어서 고객이 모일 만한 장소로 이동할 수 있었다. 이 시기에 책을 살 만한 고객은 주로 필경사와 성직자, 대

필자였는데 이들이 주로 세인트 폴스 처치야드 근처를 지나다니다 보니 이 동네는 일찍부터 책을 팔고 사기에 좋은 곳으로 알려졌다. 1608년 윌리엄 애스플리가 생각한 대로 서점을 열기에 딱 좋은 동네였다.

패럿서점은 애스플리의 두 번째 서점이었다. 애스플리는 패럿서점을 열기 전에 타이거스헤드The Tiger's Head서점에서 몇 년간 책을 팔았다. 타이거스헤드는 패럿보다 작았고, 패럿서점에서 봤을 때 세인트 폴스 처치야드 건너편의 볼서점과 플뢰르드뤼서점 너머로 보이는 위치에 있었다. 패럿은 타이거스헤드보다 가게 앞면 너비는 짧았지만 내부가 훨씬 깊어서 책을 보관할 공간도 더 넓었고 손님들도 편안하게 책을 볼 수 있었다. 애스플리는 더 좋은 터로 옮겨 온 셈이다.

애스플리는 일찍부터 업계에서 주목을 받았다. 열네 살이 되던 1587년 크리스마스에 그는 조지 비숍George Bishop의 도제로 뽑혔다. 조지 비숍은 당시 엘리자베스 1세 치하에서 왕실 지정 인쇄소를 총괄하도록 새로 임명된 인물이었다. 애스플리는 이 저명한 인쇄업자 밑에서 9년간 혹독한 도제 시절을 보낸 뒤 스물셋의 나이에 동업조합의 장인 자격을 얻었다. 그리고 12개월 뒤에는 서적상동업조합 정회원의 지위까지 올라갔다. 빠른 출세였다. 1608년에 패럿서점을 열 당시 그는 이미 경험 있는 서적상이었고 주목할 만한 인물이었다.

1576년 이래 패럿서점의 입주자는 네 번 바뀌었지만, 1608년부터 패럿은 애스플리와 한 길을 걸었다. 애스플리에게는 패럿서점이 자신의 삶이었다. 그의 판매대와 탁자, 진열대에서 유례없이 새로운 책들이 르네상스 시대로 런던으로 시간 속으로 등장했다.

애스플리는 희곡 출판으로 전문성을 키웠다. 그는 타이거스헤드서점을 운영할 때도 윌리엄 셰익스피어의 〈헨리 4세 2부Henry IV Part II〉와 〈헛소동 Much Ado About Nothing〉을 4절판quarto(인쇄용지 한 장마다 8쪽을 인쇄한 다음 두 번 접어 네 장을 만드는 방식으로 제작한 책-옮긴이)으로 인쇄하여 판매했다. 이 무렵에 제작된 셰익스피어 4절판 희곡들이 그렇듯 그가 만든 4절판도 내용상 하자는 없었지만 셰익스피어의 손에서 탄생한 진품 원고라는 보증도 없었다.

애스플리는 셰익스피어 희곡을 출판하여 출판업자이자 서적상으로 자리를 잡았다. 그는 인쇄업자에게 늘 작업을 수주하는 바쁜 상인이었다. 1603년에는 새로 잉글랜드 왕이 된 제임스 1세(스코틀랜드 왕 제임스 6세) 앞에서 행해진 연설도 인쇄해서 팔았다. 그는 《런던과 미들섹스 주지사의 이름으로 국왕폐하 앞에서 이루어진 연설Speeches Delivered To The King's Most Excellent Majesty in the Name of The Sheriffs of London and Middlesex》이라는 제목의 연설집을 정성껏 만들어달라고 인쇄업자에게 발 빠르게 주문하여 뛰어난 사업수완과 능력을 증명했다.

6년 뒤인 1609년에 에든버러의 왕실 인쇄업자인 로버트 월드그레이브Robert Waldegrave가 애스플리에게 서한을 보내 이 연설집을 재발간할 권리를 달라고 요청했다. 그 무렵 패럿서점에 자리를 잡은 애스플리는 동의서를 발송했다. 1609년부터 애스플리는 고객을 위해 카탈로그를 발행하기 시작했다. 널찍한 가게와 다양한 도서 재고, 명성이 있기에 가능한 일이었다.

셰익스피어도 애스플리가 파는 책을 샀을지 모른다. 셰익스피어는 패럿서점에 들른 적이 있었을까? 혹시 패럿서점에서 당시 히트작이던 윌리엄 스트레이치William Strachey의 《난파 경험담The True Repertory of The Wreck》을 비롯해 버뮤다제도에서의 놀라운 모험 이야기를 사지 않았을까? 그렇게 해서 1610년에 《템페스트The Tempest》를 구상한 게 아닐까? 셰익스피어는 세인트 폴스 처치야드의 서점들에서 많은 책을 구입했을 것이다. 자신의 연극을 잘못 받아쓴 4절판을 사지는 않았을 테지만 《우울론On Melancholy》도 사 보았을 것이고, 1603년에 존 플로리오John Florio가 번역한 사랑과 우정에 대한 미셸 드 몽테뉴의 수필도 구입해서 읽었을 것이다. 프랜시스 베이컨의 1597년 초기 수필과 1597년 토머스 노스Thomas North가 번역한 플루타르코스의 《영웅전》도 접했을 것이고, 그보다 2년 전에 출판된 라파엘 홀린셰드Raphael Holinshed의 《연대기Chronicles》도 구입해 보았을 것이다. 니콜로 마키아벨리의 《군주론The Prince》은 물론이고 발다사르 카스틸로네Baldassare Castiliogne가 야망 있는 외교관을 대상으로 쓴 안내서인 《조신The Courtier》도 읽었을지 모른다. 에드먼드 스펜서Edmund Spencer와 필립 시드니Philip Sydney, 크리스토퍼 말로Christopher Marlowe의 작품을 비롯해 신인 극작가인 시릴 터너Cyril Tourneur와 토머스 데커Thomas Dekker의 작품도 구입해서 읽었을 것이다. 셰익스피어는 이 모든 책을 패럿서점에서 샀을까? 패럿서점의 진열대에 놓인 그 책들을 보았을까?

하지만 1609년 5월 윌리엄 애스플리가 자신의 판권 아래 《소네트The Sonnet》 400부를 팔기 시작했을 무렵, 셰익스피어는 고향 스트랫퍼드에 있었다. 무모할 만큼 새롭고, 나무랄 데 없이 완벽한 《소네트》의 판권지에는 이렇게 적혀 있었다.

최초로 발행하는 셰익스피어의 소네트

런던의 G. 엘드G.Eld가 출판업자 토머스 소프Thomas Thorpe를 위
해 인쇄하고
윌리엄 애스플리에 의해 판매될 것이다.

셰익스피어의 《소네트》가 출간되던 날의 풍경은 어떠했을까? 패럿서점의 고객들도 그 후 수백 년간 사람들이 궁금해했던 질문을 퍼부었을까? 토머스 소프는 이 4절판을 출판할 당시에 판권을 갖고 있었을까? 셰익스피어는 토머스 소프의 출판에 동의했을까? 당시 토머스 소프는 벤 존슨Ben Johnson과 존 마스턴John Marston의 작품을 성공적으로 출판하여 명성을 얻은 출판업자이니, 셰익스피어가 직접 그에게 판권을 팔았을까? 판권지에 적힌 정체불명의 '유일한 창시자Onlie Begetter'(셰익스피어는 소네트를 "유일한 창시자 W. H. 씨"에게 바친다고 썼는데 W. H. 씨가 누구인지, 유일한 창시자가 무엇을 뜻하는지에 대해 의견이 분분했다—옮긴이)는 누구일까? 셰익스피어는 왜 헌정사에 자필 서명을 하지 않았을까? 패럿서점에서의 판매를 결정한 사람은 누구일까? 애스플리라면 답을 할 수 있었을 테지만 1609년에 그의 대답이 무엇이었든, 그 후 400년간 우리는 그 답을 듣지 못했다. 동료 서적상인 윌리엄(혹은 존) 라이트William Wright가 자신의 판권이 찍힌, 소네트 4절판 초판의 나머지 반을 뉴게이트 근처 크라이스트 처치에 있는 자기 서점에서 팔았다.

당시 애스플리가 팔던 많은 책은 제본하지 않고 철만 했을 것이다. 그러면 책을 산 사람이 취향에 따라 표지에 쓸 가죽과 글씨체를 선택할 수 있었다. 빨간 모로코 가죽 반장정half leather(책등과 모서리 등 책의 일부를 가죽으로 제본하는 양식—옮긴이)에 금색 테두리선과 글자를 새긴 표지를 선택할 수도 있고, 그냥

철한 채로 들고 갈 수도 있었다. 당시 필립 헨슬로Philip Henslowe가 운영하는 커튼극장Curtein Theatre의 스타 배우였던 에드워드 앨리언Edward Allyen은 6월 19일에 패럿서점에서 미제본 소네트를 5페니에 샀다. 애스플리의 판권이 찍힌 소네트 중 네 권이 오늘날까지 살아남아서 영국도서관과 옥스퍼드대학의 보들리도서관, 캘리포니아 산마리코의 헌팅턴도서관, 워싱턴의 폴저셰익스피어도서관의 유리 진열장에서 오백 수를 누리고 있다.

애스플리는 셰익스피어의 소네트를 출판해서 '패럿'의 입지를 확고히 다졌다. 그는 이후 셰익스피어의 4절판을 더 출판했고 1623년에는 셰익스피어 작품을 '첫 번째 2절판'으로 만들기 위해 결성된 가맹조합의 일원이 되었다. 이 첫 번째 2절판은 셰익스피어의 친구인 존 헤밍John Hemynge과 프랜시스 콘델Francis Condell이 승인한 버전만 골라서 만든 셰익스피어 희곡 전집이었다. 1640년에 애스플리는 서적상동업조합의 마스터로 뽑히는 영광을 누렸고, 그해 세상을 떠났다.

애스플리는 서적상으로 오랜 세월을 버텼다. 한때 그의 진열대에 놓였던 시집의 저자 월터 롤리Walter Raleigh가 1618년에 처형된 뒤에도, 그의 사형 집행 영장에 서명했던 제임스 1세가 1625년에 사망한 뒤에도 패럿서점은 살아남았다. 1611년에 《흠정역 성경The Authorised Version of The Bible》(킹 제임스 성경)이 발간되었을 때 그는 서적상의 혜안으로 이 성경이 어떻게 언어와 책의 풍경을 변화시키는지 꿰뚫어 보았을 것이다. 당시 살아서 《흠정역 성경》의 발간 소식을 들었을 셰익스피어도 그랬을 것이다. 찰스 1세가 새로 즉위하고, 시인 존 던의 아들이 부친의 시를 1633년에 출간했을 때 애스플리는 그 시집들도 서점에서 팔았을 것이다. 1637년에는 그때 새로 등장한 존 밀턴의 《리시다스Lycidas》도 그의 진열대에 있었으리라. 1637년이면 셰익스피어의 소네트가 나온 1609년으로부터 한 세대가 흐른 뒤였다. 패럿의 역사도 이제 한 세대가 흘렀다. 그동안 패럿은 가장 혁신적인 작가들, 언어만이 아니라 우리의 생각 자체를 변화시킨 작가들의 보금자리였다.

1640년에 애스플리는 서점 임차권을 루크 폰Luke Fawn에게 넘겨주었다. 루크 폰은 브레이즌서펀트서점을 떠나 패럿으로 이사온 뒤 26년간 서점을 운영했다. 그 시절에 패럿의 오래된 책장에 진열할 만한 책으로는 무엇이 있었을까? 1646년에는 헨리 본Henry Vaughan의 형이상학적이며 종교적인 시가 발표되었고, 1655년에는 아이작 월튼Izaak Walton의 《조어대전釣魚大全, Complete Angler》이 나왔다. 1656년에는 정치사상가 제임스 해링턴James Harrington이 유토피아적 공화국을 그린 《오세아니아 공화국The Commonwealth of Oceania》이 출판되었고, 1648년에는 로버트 헤릭Robert Herrick과 리처드 러브레이스Richard Lovelace의 혁신적인 서정시가 등장했다.

이 무렵에는 정치적인 글과 새롭고 위대한 산문의 등장과 더불어 패럿서점의 진열창도 달라졌을 것이다. 1644년에 존 밀턴이 언론의 자유를 주장한 위대한 글 《아레오파지티카Areopagitica》를 발표했다. 크롬웰 호국경 체제 기간인 1651년에는 토머스 홉스Thomas Hobbes가 국가의 주권 문제를 다룬 《리바이어던Leviathan》을 출판했다. 독서대중이 1949년의 찰스 1세 처형으로 인한 충격과 분열에서 아직 헤어나지 못했을 무렵이었다. 패럿서점은 1660년의 왕정복고도 잘 견뎌냈지만, 그해 루크 폰은 고객의 취향과 필요가 달라졌다고 느꼈을 것이다. 이제 패럿서점의 고객층은 애스플리 시절보다 젊었고, 덜 학구적이었다. 또한 책을 구매할 경제력을 지닌 계층이 확대되면서 독자층이 다양해졌다.

이 무렵 패럿서점에서 책을 훑어보던 사람들은 최초의 대중적 풍자 산문시 《휴디브래스Hudibras》도 발견했을 것이다. 1662년과 1663년에 두 권으로 출간된 새뮤얼 버틀러Samuel Butler의 《휴디브래스》는 근대적 회의주의와 다의적인 어조로 무장한 작품이었다. 이처럼 직접적으로 사회를 비평하는 문학이 새롭게 등장하면서 문학비평도 하나의 장르로, 그리고 명성을 얻는 통로로 자리를 잡았다.

이 시기에 패럿서점에는 존 버니언John Bunyan의 책도 있었을 것이다. 버니언의 《천로역정The Pilgrim's Progress》은 아직 나오지 않았을 때였지만 1662년의 《성스러운 도시The Holy City》와 1663년의 《넘치는 은총Grace Abounding》은 판매했을 것이다. 에드먼드 스펜서와 존 던John Donne의 작품도 다시 진열대에 올랐을 것이다. 독자들은 변화와 삶의 무상함, 인생의 유한함을 다룬 그들의 옛 작품을 다시 읽고 싶어 했다. 같은 이유로 토머스 브라운Thomas Brown의 시도 주목 받았다.

1665년의 흑사병으로 세인트 폴스 처치야드의 서점들은 큰 어려움을 겪었다. 그리고 1666년 런던 대화재 이후 패럿서점에 대한 기록은 없다. 패럿서점은 서점에 있던 모든 책과 함께, 이웃 서점과 세인트 폴스 처치야드에 늘어섰던 간판들과 더불어 사라졌다.

그러나 건축가 크리스토퍼 렌Christopher Wren이 설계한 새로운 세인트 폴 성당과 더불어 세인트 폴스 처치야드가 재건되는 동안 이 작은 서점도 부활했다. 옆 가게였던 엔젤서점 터까지 차지한 이 새 서점은 로즈앤드크라운The Rose and Crown이라는 이름으로 문을 열었다. 패럿이 부활한 것인지도 '모른다'라고 말해야겠지만 '모른다'는 빼고 싶다. 패럿의 옛 터에 새로운 서점이 생겼다. 패럿이 기적적으로 '부활했다'고 말할 수밖에 없지 않을까.

른다'라고 말해야겠지만 '모른다'는 빼고 싶다. 패럿의 옛 터에 새로운 서점이 생겼다. 패럿이 기적적으로 '부활했다'고 말할 수밖에 없지 않을까.

4

옛 출판사 터의 서점

THE OLD PRINGTING PRESS BOOKSHOP

이오나 섬, 스코틀랜드
IONA

THE
OLD PRINTING PRESS
BOOKSHOP

상념

THE
OLD PRINTING PRESS
BOOKSHOP

계단 한 칸 위에 낮은 문이 달린, 수도사의 거처 같은 건물이었다. 오래된 석벽 깊숙이 작은 유리창이 나 있고 석벽에는 흰 페인트가 두텁게 칠해져 있었다. 페인트 대신 석회도료만 칠한다면, 떠돌이 일꾼들이 수확기에 머물렀다던 그 시절 그 모습 그대로일 것 같았다. 유리창을 통과한 햇살이 아름다운 짙은 색 책표지와 덮인 책, 황동제품, 십자가, 촛대, 개점시간을 알리는 접이식 간판에 내려앉았다. 어둑한 날이면 서점 안에 램프가 켜져 서점 앞 순례길을 밝혀주었다. 순례객들이 오가는 앞길을 따라가면 스트리트 오브 더 데드Street of the Dead가 나오고, 이 길은 옛날에 필경사들이 양초 불빛 아래에서 깃펜으로 글을 썼던 수도원 교회The Abbey Church로 이어진다.

서점 안에는 아치형 벽으로 구분된 두 개의 방이 있다. 첫 번째 방에는 서점직원이 탁자에 앉아 책을 읽고 있었다. 카드도 팔고 십자수 그물망도 팔았다. 밑그림이 그려진 작은 십자수 그물망은 우아한 책갈피로 완성될 것 같았다. 벽에는 옛날 배가 그려진 포스터가 몇 장 붙어 있다. 코러클^{coracle}(나무로 엮은 뼈대에 동물 가죽을 붙인 배로 아일랜드와 웨일스에서 사용했음-옮긴이)과 연락선, 그리고 1750년부터 이민자들을 실어 나르기 위해 순교자의 만^{Martyr's Bay}에 서 있던 증기선과 매우 아름다운 범선들이 그려져 있었다. 서점의 역사를 작은 글씨로 빽빽하게 인쇄해놓은 종이가 벽에 붙어 있었지만, 내가 읽기에는 너무 높았다. 둥근 탁자 위에는 멀 섬과 이오나 섬^{mull and Iona}(스코틀랜드 이너헤브리디스제도에 있는 섬들-옮긴이)에 대한 파란색 소책자들과 지도가 놓여 있다.

이 작은 서점을 확장하지 않은 건 정말 현명한 일이다. 작은 불빛과 이 작은 공간에 넘치는 고요함이 신성한 느낌을 더했다. 책장 앞에서 낮은 소리로 두런거리는 사람들을 보면 마치 수도원의 스크립토리움^{scriptorium}(수도원에서 필사본을 제작하던 공방-옮긴이)에 있는 듯한 느낌이 들었다. 크기도 딱 그만했고, 책을 쌓아올린 벽으로 두 개의 공간으로 나뉘어 있어서 수도원 같은 느낌을 더했다. 서점^(책방이라는 이름이 더 어울릴) 옆에 다른 건물은 없었다. 길 위에 혼자 서 있는 두툼한 흰 석벽 건물의 내부는 둥그스름했다. 이 서점은 어떻게 시작되었을까?

19세기 후반 이곳은 책을 수공 인쇄^(석판인쇄 후 수작업으로 채색하는 방법을 주로 사용함-옮긴이)하던 곳이었다. 지역주민이던 윌리엄 뮤어^{William Muir}와 존 맥코믹^{John McCormick}이 이곳에서 이오나출판사를 열정적으로 시작했다. 그들은 '학문의 위대한 산실이던 이오나의 옛 영광을 부흥하겠다'는 꿈을 꾸었다.

그들의 첫 책은 윌리엄 블레이크^{William Blake}의 작품을 수공 인쇄한 것이었다. 블레이크의 묵시록적인 채색 이미지가 북부의 흰 종이 위에 재탄생했다. 그들은 이오나 섬을 찾는 순례자들을 위해 《알투스 프로자토르Altus Prosator》의 영문판도 만들었다. 《알투스 프로자토르》는 1,000년 전, 이 서점에서 멀지 않은 곳에서 성 콜룸바St.Columba(6세기 아일랜드의 수도원장으로 이오나 섬에 수도원을 지었고 스코틀랜드 지방에 기독교를 전파한 것으로 알려졌다-옮긴이)가 라틴어로 썼던 시다. 책장 가장자리는 흑백의 켈틱 문양으로 둘렀는데, 이오나 섬사람들이 하루 종일 일한 후에도 어둑해질 때까지 공들여 이 문양을 완성했다. 그들은 《켈스의 서The Book of Kells》(세계에서 가장 아름다운 책으로 알려진 장식 필사본 복음서-옮긴이)를 통해 보고 배운 기술로 고대의 십자가와 원 문양을 색칠했다. 사실《켈스의 서》는 이오나의 책이기도 했다. 이오나에서 만들기 시작했지만 9세기 침략자들을 피해 켈스로 옮겨졌다.

섬사람들은 서로에게 색깔의 이름을 게일어(아일랜드와 스코틀랜드에서 쓰이는 켈트어의 일종-옮긴이)로 말했을까? 치자, 로즈 매더, 라피스 라줄리. 이런 색깔들은 게일어로 뭐라고 할까? 훨씬 음악적인 이름이 아니었을까.

이오나출판사는 한 장짜리 기도서도 만들었다. 이오나 섬에는 기도가 대단히 많았다. 출항하는 뱃사람의 기도도 있었고 하루를 시작하는 아이들의 기도도 있었다. 그 부드러운 소리들이 종이에 옮겨졌다. 여름이면 섬을 찾는 순례객들을 위한 다양한 책을 만드느라 해마다 활자가 새로 조판되었다. 항해에 대한 책도 만들었고 이오나 섬에서 걸어볼 만한 길에 대한 책, 섬에서 찾아볼 야생화에 대한 책도 나왔다. 대여섯 해 동안 이오나출판사는 분주하게 책을 찍어 냈다. 순례객들을 위한 작고 흐릿한 그림과 새로운 소식, 가볼 만한 여행지에 대한 정보가 담겼다. 그러다가 이 출판사를 함께 꿈꾸었던 두 사람이 각자 다른 일을 찾아 헤어지면서 출판사도 문을 닫았다.

　　서점에서 멀지 않은 곳에 있는 민속박물관에는 이오나출판사에서 나온 세피아색(오렌지빛이 도는 짙은 갈색-옮긴이) 그림엽서들이 있었다. 큐레이터가 매끄러운 커버 안에 한 장씩 들어 있는 엽서를 끄집어내서 내게 보여주었다. 돌아온 혼령 같은 엽서들이었다. 섬을 방문했던 여행객이 구입한 다음 글을 써서 보낸 엽서가 다시 이곳 이오나 섬으로 돌아왔으니 말이다. 불그스름한 땅과 나뭇결 같은 옅은 구름이 떠 있는 하늘, 비단 돛을 단 범선들. 거기에는 이오나의 빛바랜 시절이 담겨 있었다.

　　나는 엽서 484/6번을 집어들었다. "이오나 해안에서"라는 엽서였다. 이 세상의 풍경이 아닌, 엽서 속 해안가에는 유령 같은 배가 가만히 떠 있다. 엽서는 1912년 하지 축제일에 쓰였다. 엽서를 쓴 여자는 선물을 사러 은세공 가게에 다녀온 이야기를 썼다.

　　주인은 물건을 가져간 후 돈을 보내도 좋다고 했다.
　　부두 근처 길가에는 아이들이 나와 초록 대리석 조약돌을 팔고 있었다.

　　아이들이 파는 조약돌은 옛날 성 콜룸바의 배가 착륙했다고 전해지는 해변 위 옅은 초록색 돌 조각을 잘라낸 것을 말한다. 아이들은 바다에서 그 돌들을 반짝이게 다듬었다. 요즘 이오나의 그림엽서는 아크릴 아트처럼 근사해졌지만 여행 안내서에는 아직도 뮤어와 맥코믹의 꿈이 남아 있는 듯 다양한 정보가 가득했고, 이오나 부두의 이미지가 담긴 작은 타원형 사진으로 장식되어 있었다. 과거의 이오나가 이 오래된 서점의 사진과 카드 속에서 잠시 포즈를 취한 듯하다.

서점의 안쪽 방으로 들어서니 책장에 갈색, 암적색, 초록색 표지의 책들이 말없이 놓여 있었다. 나는 숙소에서 읽을 만한 게 있는지 찾아보았다. 존 골즈워디John Galsworthy도 있었고 존 버컨John Buchan, 토머스 하디, 올더스 헉슬리, 오스버트와 이디스 시트웰Osbert and Edith Sitwell 남매의 책도 있었다. 탁자에는 수심을 표시한 해도가 놓여 있었다. 바다가 깊을수록 파란색이 짙어졌다. 고급스럽게 제본된 식물도감이 펼쳐져 있어 전면에 그려진 채색 삽화가 보였다. 삽화 위 얇은 코팅이 바짝 말라서 일어났다.

매슈 아널드Metthew Arnold와 로버트 브라우닝의 시도 있었고, 월터 드 라 메어Walter de la Mare의 작품과 휴 월폴Hugh Walpole의 소설도 있었다. 사막에 대한 여행서도 있고, 이오나 섬의 지리에 대한 참고도서도 있었다. 모두 트위드 색감의 섬세한 그림이 들어 있었고, 19세기와 20세기 초반의 두껍고 질긴 종이로 만들어졌다. 하지만 나는 1940년대 전쟁기 시인들의 얇은 시집이 마음에 들었다. 이런 시집들은 옅은 회색 천 표지에 암적색으로 제목이 박혀 있다. 휴가철에 잠깐 집중해서 읽기 좋은 단막극도 마음에 들었다. 바깥쪽 방에는 두꺼운 회고록들이 있었다. 군인의 회고록도 더러 있고, 용감한 스코틀랜드인이나 종교인의 회고록이 많았다. 화려한 회고록 표지에는 전함과 지도, 성당, 텐트, 피라미드를 배경으로 저자들이 서 있다.

서점은 너무나 고요했다.

자리를 지키고 앉은 서점직원은 거의 말을 하지 않았고, 말을 하더라도 작게 웅얼거렸다. 당연한 일이다. 이오나출판사가 사라지고, 섬세하게 제본된 책들이 나무 책장에 말없이 꽂힌 이곳에서 소리를 낼 게 대체 뭐가 있을까? 그러나 서점 밖에는 거친 자연이 있다. 마을을 지나 낮은 곳으로 흐르는 투명하고 거친 물살에서 바람이 불어왔다. 서점 안에는 시간, 시간, 또 시간이 있었다. 누군가 엽서를 쓰고 있다. 시간이 흘렀지만 글의 형태도 내용도 거의 바뀌지 않았다.

이 서점에는 내가 찾는 책이 없을 때도 종종 있지만, 책이 아닌 무언가가 나를 이곳으로 끌어당긴다. 건물에 깃든 출판사의 기억 때문은 아니다. 이 작은 거처에 머물렀던 사람들, 그리고 지친 손으로 신비스러운 켈트의 문양을 채색했던 사람들이 이 공간에 남긴 것이 무엇이든, 그것 때문에 나는 이곳으로 거듭 돌아온다. 그리고 새로운 땅으로 떠나던 날, 한 장의 어두운 사진 속에 남겨진 이민자 가족의 꿈을 듣기 위해 돌아온다. 아이들과 선원들의 기도 소리를 듣고 싶어서 돌아온다.

서점 바닥은 딱딱하다. 벽도 지붕도 딱딱할 것이다. 이 서점의 딱딱한 벽 안에는 정신이 담겨 있기도 하다. 윌리엄 블레이크와 1912년 하지 축제 날에 엽서를 썼던 여인과 성 콜룸바와 필경사들이 모두 이곳에 있다. 물론 나란히 똑바로 꽂힌 책들은 조화롭게 정돈된 삶이요, 알파벳으로 포장된 삶의 선택들이다. 곧, 책이란 읽을 수 있도록 만들어진 우리의 삶이다. 하지만 그 어떤 책도 이 공간을 만나는 것, 좁은 문 뒤에 숨은 이 눈부신 빛을 만나는 것에 비할 수 없다.

리키스 서점
LEAKEY'S BOOKSHOP

인버네스, 스코틀랜드
INVERNESS

LEAKEY'S
BOOKSHOP

리틀 기딩

LEAKEY'S
BOOKSHOP

눈부신 빛이 널찍한 서점 곳곳을 공평하게 밝힌다. 이 서점에 처음 들어선 모든 사람들처럼 나도 한 가지 사실만은 알고 있었다. 바로 강가의 이 건물이 예전에 세인트 메리 게일어 교회St Mary's Gaelic Church였다는 것이다. 게일어와 게일어를 말하는 사람들의 목소리가 음악처럼 울려 퍼졌던 교회와 서점, 이보다 더 어울리는 한 쌍이 있을까? 게다가 존 녹스John Knox(16세기 스코틀랜드의 종교개혁가—옮긴이)의 수수한 개혁교회에는 다른 느낌의 언어도 울려 퍼졌다. 바로 설교다. 깊은 고민 끝에 구두법이 정확하고 긴 문장들로 빚어낸, 여러 제목의 설교야말로 개혁교회의 토대였다. 이보다 더 책이 모이기에 좋은 장소가 있을까?

서점 내부를 처음 보았을 때 나는 좋아하는 그림 한 점을 떠올렸다. 1600년, 런던 세인트 폴스 처치야드의 야외 설교를 담은 그림이었다. 그림

속의 높은 설교단은 이곳 서점에도 있다. 그림 속에 사람들이 층층이 둘러서 있다면, 이곳에는 청중처럼 서로에게 어깨를 대고 서 있는 책들이 층층이 위로 쌓여 있다.

나는 문득 교회와 책의 관계를 생각했다. 스코틀랜드 종교개혁 이후에 모든 학교와 교구에서 성경을 가르치기 시작했다. 종교적 생각을 가르치려는 목적도 있었지만 그보다 훨씬 신나는 목적이 있었다. 바로 사람들에게 독서를 가르치는 것, 독서로 도달할 수 있는 새로운 세상을 열어주는 것이었다. 1600년에 런던의 교회와 새로 지은 글로브극장Globe playhouse(1599년 런던에 세워진 극장으로 셰익스피어 극을 상연해 유명해짐-옮긴이)에서는 강렬한 리듬과 사람을 빨아들이는 목소리, 매혹적인 사상이 울려 퍼졌다. 이곳 스코틀랜드 사람들은 노래하고 글을 읽었다.

서점 안은 매우 고요했다. 서점의 저 높은 곳이 매우 고요했다고 말하는 게 맞을 성싶다. 고요가 1층부터 위로 점점 물러서다가 지붕 서까래와 아치형 창문에 막혀 오도 가도 못하는 듯했다. 고요는 금빛으로 반짝이는 나무 벽과 층계 난간에, 무엇보다 저 멀리 시야 너머로 있는 책장의 시집들에 갇혔다. 나는 시집이 있는 위층을 올려다보고는 마지막을 위해 그곳을 남겨두었다. 1층에도 보고 들을 게 너무나 많았다.

책이 쌓여 있는 설교단 아래에 직사각형 공간이 있었다. 패널을 둘러치고, 울타리 같은 작은 문이 달린 그곳에는 주소 적힌 소포들이 바닥에 쌓여 있었고 학구적으로 보이는 조용한 서점직원 한 사람이 일하고 있었다. 그곳에서 손님들은 책을 계산하고 도움을 청한다. 계산은 빠르고 효율적이다. 꼭 필요한 일만 일사천리로 이루어진다. 그러나 도움을 청하는 일은 달랐다. 서점직원은 잠시 뜸을 들이더니 서점을 뜻하는 '우리'라는 단어로 말을 시작했다. "우리한테 한 권 있어요. 어딘지 알려드릴게요." 그는 높은 계단과 왼편의 좁은 통로를 가리키면서 정확한 지번을 알려주었다. 책은 그곳에 있었다. 단숨에 나는 책을 손에 넣었다. 영어-게일어 사전.

　서점의 널찍한 공간은 따뜻했고, 한가운데 서 있는 검은 난로에서 태우는 나무 향이 가득했다. 옛 이야기 속에서 튀어나온 듯한 검은 난로의 양 옆에 통나무 장작이 높이 쌓여 있었다. 이들의 형제 몇은 책이 되기 위해, 책을 만드는 종이가 되기 위해 실려 갔을 것이다. 긴 실내로 더 들어가면 아코디언의 검은 주름 같은 계단이 나선형으로 빙빙 돌면서, 난로처럼 철로 만들어진 박쥐날개형 난간을 따라 위로 올라갔다. 그 계단을 따라가면 내가 가려는 은은한 금빛 갤러리에 들어 설 수 있다. 그곳에는 시집과 지도, 인쇄물이 있다.

　책보다 먼저 이 천정 높은 건물을 가득 메웠던 신도들은 게일어로 찬송가를 불렀다. 게일어에는 '시'를 뜻하는 단어가 스물 여덟 개나 있으니까 어떤 시라도, 세상 어디에서 쓴 시라도 이곳에서 찾을 수 있지 않을까? 어쩌면 다른 생의 시조차 있을지 모른다. 이곳에서는 중고책을 팔기도 하니 말이다. 더블린에서 최초로 낭송된 W. B. 예이츠의 초기 시도 이곳에 있을지 모른다. 예이츠의 여동생이 운영하던 쿠알라출판사^{Cuala Press}에서 고운 종이로 찍어낸, 호리호리한 시집 중 하나가 이곳에 있을지도 모를 일이다. 또 내가 어느 서점에서나 기웃거리며 찾는 월트 휘트먼의 시집, 《풀잎^{Leaves of Grass}》의 1855년 뉴욕판도 있을지 모른다.

　그런데 반짝이는 꼭대기 층에 처음으로 올라서니 나는 허무맹랑한 꿈에 사로잡히고 말았다. 1609년판 셰익스피어의 소네트와 1623년판 셰익스피어 2절판 희곡집, 워즈워스의 사후에 출판된 《서곡The Prelude》 1850년 초판, 1633년에 출판된 존 던의 첫 시집을 찾을 수 있을 것만 같았다. 그 책들이 어딘가에 있다면 이곳에, 구스타브 클림트의 화폭 같은, 책과 빛의 황금빛 폭포 속 어딘가에 숨어 있을 것만 같았다.

마침내 나는 원하던 책을 찾았다. 책은 희귀하면서도 소박했다. 1942년에 완성되고 출판된 T. S. 엘리엇의 《리틀 기딩Little Gidding》. 제2차 세계대전 중에 인쇄된 시집의 크림색 표지에는 검은색으로 제목이 찍혀 있었다. 16페이지로 구성된 8절판 시집으로, 페이지 윗면이 깔끔하게 재단되었고 페이지 옆모서리는 위부터 아래로 투박하게 잘려 있었다. 무척 거칠고 두꺼운 종이로 만들어서 손에 닿는 느낌이 초기 필사본 같았다. 책은 길쭉했다. 9×7인치(23×15센티미터) 8절판으로 얇고 우아했다. 《번트 노튼Burnt Norton》과 《이스트 코커East Coker》 《드라이 샐비지즈The Dry Salvages》 다음으로 출판된 《리틀 기딩》은 《네 개의 사중주Four Quartets》 연작의 마지막 시로 엘리엇 시의 정점이라 할 수 있다.

시집의 첫 주인이 첫 페이지에 서명을 남겼다.

1943년 7월 리치먼드의 찰스 R. 레드우드,
그리고
1943년 6월 25일 벨러 스쿨

리틀 기딩은 케임브리지에서 그리 멀지 않은 곳에 있는 작은 마을이다. 엘리엇이 《리틀 기딩》을 발표하기 300년도 더 전인 1626년에 막 영국 성공회 주임신부가 된 니콜러스 페러Nicholas Ferrar가 형제인 존 페러John Ferrar와 함께 3대에 걸친 자신의 가족을 이끌고 이 작은 마을로 떠났다. 신앙 공동체를 건설하기 위해서였다. 니콜러스 페러는 그곳에서 1637년에 세상을 떠났다. 형제인 존 페러와 그의 아들, 열일곱의 니콜러스 페러가 함께 그의 뜻을 이었다. 하지만 조카인 니콜러스 페러는 영국 내전English Civil War(의회파와 왕당파 사이의 투쟁으로 의회파의 승리와 찰스 1세의 처형으로 막을 내렸다-옮긴이)이 시작되던 1640년에 세상을 떠나고 말았다. 올리버 크롬웰의 승리 후 혼란스러웠던 시기인 1644년 5월, 존 페러는 옥스퍼드에서 스코틀랜드로 다급하게 달아나던 찰스 1세에게 은신처를 제공하기도 했다. 그는 어둠 속에서 찰스 1세를 "들판 건너로 안내했다".

존 페러는 1657년 세상을 떠났고 그 후 리틀 기딩의 공동체는 쇠락의 길을 걸었다. 1714년 존 페러의 증손자가 리틀 기딩의 교회를 부활시켰다. 이후 엘리엇이 1936년과 1942년에 리틀 기딩을 방문할 때까지 이 마을은 200년간 순례지로 자리 잡았다. 지금도 마찬가지다. 엘리엇의 시와 역사에 기록된 리틀 기딩의 교회와 주택이 남아 있어서 오늘날까지도 순례객들이 방문하고 머물 수 있다. 매해 11월이면 T. S. 엘리엇을 기념하는 행사가 열려 그의 작품을 낭송하는 소리와 음악이 마을에 울려 퍼진다.

'시'를 뜻하는 스물여덟 개의 게일어 중에서 《리틀 기딩》에 가장 어울리는 단어는 무엇일까? 패턴을 뜻하는 '드레흐트Dreacht'는 어떨까? 엘리엇은 1666년 런던 대화재와 1940년 독일군의 공습으로 불타는 런던의 거리를 시행으로 엮어가며 삶이 눈앞에서 사라져버리던 그 시간에 시민들이 느꼈던 '희망의 죽음, 절망'을 노래한다. 혹은 시란 곧 꿈이자 칼자루라는 의미의 '암브라ambra'는 어떨까? 시어가 소용돌이치듯 살아 있는 형상을 그려내고 이미지를 조각한다. 그 속에서 형체와 광경이 서서히 모습을 드러낸다. 장미와 불꽃이 하나가 된다.

《네 개의 사중주》 연작의 전작들은 삶의 원소인 공기와 흙, 물을 찬양한다. 한때 이 서점 터에 있던 옛 교회의 성찬식에서도 그러했을 것이다. 그러나 《리틀 기딩》은 불이라는 원소를 끌어안는다. 파괴적인 동시에 낡은 공간을 정화시키고 새로운 공간을 탄생시키는 불을 노래한다.

무엇보다 《리틀 기딩》은 '우이게uige' 다. 우이게는 시란 소중한 원석임을 뜻하는 고대 게일어다. 시란 반짝이게 다듬고 부활시켜야 할, 저 깊은 곳에서 빛을 발하는 원석이다. 엘리엇은 치유를 약속하며 시를 끝맺었다.

우리의 모든 탐색의 끝은
우리가 시작했던 곳에 도달하는 것
그리고 그곳을 처음으로 이해하는 것이다

리키스서점처럼 때로 한 권의 책으로 영원히 기억에 남는 서점도 있다.

6

윌리엄템플턴스서점
WILLIAM TEMPLETON'S BOOKSHOP

어바인, 스코틀랜드 1782년
IRVINE

William Templeton's
Bookshop

건널목

William Templeton's Bookshop

윌리엄 템플턴은 1782년에 하이 스트리트의 톨부스 근처 좁은 부지에 서점을 열었다. 그곳은 어바인의 상업 중심지로 지나다니는 사람이 많았고, 글래스고에서 마차를 타고 온 방문객들이 서점 길 건너 글래스고 베널의 기착지에 들르곤 했다.

템플턴도 바로 그 마차로 글래스고에서 책을 실어왔고, 새로 나온 책 꾸러미를 여러 서적상에 보냈다. 글래스고와 스털링, 인버네스의 서적상들이 그에게 받은 책을 주문 고객들에게 팔았다. 템플턴은 아일랜드와 인맥이 특히 탄탄했다. 그는 더블린에서 새뮤얼 존슨이 쓴 《영어 사전The Dictionary of The English Langage》의 염가 재판본과 《영국 시인전Lives of English Poets》을 어바인으로 들여와 꾸준한 수익을 올렸다. 그러나 1770년대 들어 무거운 수입관세가 부과되면서 아일랜드와의 거래는 침체기를 맞았다. 1780년이 되자 더블린에서 어바인을 거쳐 스코틀랜드 북부 도처로 밀수 통로가 연결되면서 아일랜드와의 거래가 잠시 활기를 띄기도 했다. 세금도 관세도 물지 않은 이 책들은 불법 상품이었지만 널리 팔렸다. 책 수요가 증가하면서 이윤도 늘어났다. 이 시기에 영국 북부에서 책을 구입하던 독자들은 불안과 전율을 함께 느꼈다.

그러나 그것도 오래가지 못했다. 1781년에 공교롭게도 애덤 스미스 Adam Smith가 위원장을 맡고 있던 스코틀랜드의 관세위원회가 어바인 항구에 화물을 운송하는 아일랜드 배의 선장을 잡기 위해 '추적자'들을 풀었다. 윌리엄템플턴스서점 주변으로 점점 수사망을 좁히던 추적자들은 템플턴스서점 유리창에서 훤히 내다보이는 맞은편 글래스고 베널 화물 계량소에서 운송업자들을 붙들고 수색했다.

반종교적인 책이나 선동적이거나 불온한 정치적 주장이 담긴 책을 들여온 선장은 없었다. 그들의 주요 화물은 언제나 새뮤얼 존슨의 책이었다. 1781년에 글래스고에서 압수한 수레에서 런던 코벤트 가든의 톰데이비스 서점이 기획한 방대한 작품인 존슨의《영국 시인전》이 나오기도 했다. 1781년이면《영국 시인전》의 마지막 권이 출판된 해였다. 런던에서 막 출간되어 열광적인 반응을 얻은, 화려한 장정의《영국 시인전》이 벌써 재판되어 상자에 단단히 포장된 채 도착한 것이다.

이듬해인 1782년 1월에는 글래스고의 세금징수 대리인들이 어바인 운송업자 존 왓트와 제임스 스티븐슨의 수레를 별안간 막아섰다. 수레에는 새로 재판된 책들이 가득했다. 모두 더블린에서 불법 수입된 책들이었다. 스코틀랜드 역사가 윌리엄 로버트슨William Robertson이 쓴《스코틀랜드 역사

A History of Scotland》(전 2권), 《찰스 5세의 역사A History of Charles V》(전 3권), 《미국의 역사A History of America》(전 2권)가 각 네 질씩 들어 있었다. 더블린 출판업자는 그 밑에 페이튼Paton의 항해술 해적판 스물다섯 권을 넣었다. 그리고《근대 유럽의 역사A History of Modern Europe》네 권과 새뮤얼 존슨이 1755년에 편찬한 이래 결코 절판된 적이 없는《영어 사전》도 열 권을 넣었다.

얼마나 순수하고, 흠잡을 데 없이 교육적인 책들인가? 죄가 있다면 단지 비싼 가격에 높은 관세가 붙는다는 것이다.

책들은 암암리에 윌리엄 템플턴에게 배달되는 중이었다. 윌리엄템플턴스서점의 판매대가 아니라 그의 지하 창고가 목적지였다. 템플턴의 지하 창고는 밀수 서적들의 조심스럽고 은밀한 여행길에 잠시 머무는 은신처로 유명했다. 캔버스천으로 포장된 채 압수된 더블린판 서적들은 윌리엄 템플턴을 거쳐 스코틀랜드 퍼스의 서적상 로버트 모리슨 부자에게 가는 중이었다.

한편 여권도 없이 화물 깊숙이 숨어서 불법 입국한, 새뮤얼 존슨이 쓴 《영어 사전》의 'S' 섹션에서 이 모든 사건에 대한 존슨의 총평을 들을 수 있다.

밀수꾼Smuggler : 법과 정의를 무시하고 불법 수입품이나 관세를 내지 않은 상품을 수입하는 철면피.

1782년에 템플턴은 벌금형을 받았다. 그뿐이었다. 그는 곧 평소처럼 서점 문을 열어, 책을 팔고 손님과 대화를 나눴다.

그해 어느 무렵, 길 건너 글래스고 베널의 아마 공장에서 일하는 로버트 번스Robert Burns(스코틀랜드의 시인으로 젊은 시절에 아마를 가공하는 공장에서 일했다-옮긴이)

가 하이 스트리트를 건너와서는, 책장에 놓인 책을 좀 봐도 되냐고 물었다. 윌리엄 템플턴은 서점 문 앞에 선 이 노동자를 보고 무어라 생각했을까? 서적 밀수 전과범이자 어바인의 평의원인 템플턴과 공장에서 어렵사리 한 시간 짬을 내어 새로운 지성을 찾아 서점 문을 들어선 노동자 번스는 서로에게 무슨 말을 건넸을까? 번스는 템플턴에게 산문을 좀 볼 수 있는지 물었다. 시라면 종교시 외에는 포기했노라고, 하지만 민요나 노래는 언제든 좋다고 덧붙였다.

템플턴스서점을 찾기에 좋은 시기였다. 템플턴은 당시 새로 등장한, 가벼운 여가용 도서로 야심 차게 서가를 가득 채운 참이었다. 그 후 15년 간 그는 이처럼 대담하고 근대적인 실험을 이어갔다. 그는 번스에게 새뮤얼 리처드슨Samuel Richardson의 소설 《파멜라Pamela》의 1권과 3권만 빌려주면서, 잃어버린 2권의 줄거리는 알아서 상상해보라고 했다. 템플턴은 번스에게 시인들에 대해서도 언급했을까? 번스가 어바인에 오기 전에 다니던 에어의 존머독학교John Murdoch's school에서 이미 읽었던 윌리엄 셴스턴William Shenstone과 마크 애큰사이드Mark Akenside, 알렉산더 포프Alexander Pope 같은 시인들에 대해서 이야기했을까? 그랬을 수도 있다. 당시 번스는 그들을 존경하고 있었으니까.

번스가 템플턴스서점을 찾았던 그 몇 주 동안에 템플턴은 구석에 모아두었던 〈루디먼스 위클리Ruddiman's Weekly〉(에든버러의 출판업자 월터 루디먼Walter Ruddiman이 발간한 주간지로 로버트 퍼거슨의 시가 실렸던 잡지다-옮긴이)를 번스에게 보여주었던 모양이다. 번스는 그곳에서 8년 전에 세상을 떠난 로버트 퍼거슨Robert Fergusson의 시를 처음으로 발견했고, 그날 이후 번스의 삶은 달라졌다.

템플턴은 왜 번스를 시로 이끌었을까? 혹시 번스가 그에게 자신의 습작을 보여주었을까? 템플턴은 이 젊은 스코틀랜드 노동자에게서 퍼거슨처럼 무모하고 투지가 넘치는 시인이 될 재목을 보았을까? 자신의 언어, 스코틀랜드어로 시를 쓸 만큼 열정적인 시인이 될 씨앗을 보았을까?

템플턴스서점의 선반에는 토머스 워커Thomas Walker가 발행한 1770년판 《낭만 시Romantic Poetry》가 있었을까? 혹은 그의 고객 벤저민 몰Benjamin Maul이 주문한 퍼거슨의 《시전집Complete Poems》도 있었을까? 템플턴은 번스에게 그 시집을 보여주었을까?

템플턴스서점에는 의자가 있었을까? 18세기 항구도시의 서점, 애서가이자 야심 찬 서적상의 서점이었으니 번스가 앉을 만한 의자가 있었을 것이다. 어쩌면 번스는 그곳에 앉아 있다가 벼락처럼 창작의 계시를 받았는지도 모른다. 이곳에서 번스는 영국의 형식주의를 벗어나 자신의 언어, 스코틀랜드어의 빠른 리듬으로 노래하는, 빼어난 시들을 읽었다. 1787년 8월 4일, 그는 존 무어John Moore 박사에게 보낸 편지에서 "민요와 노래"를 찾아 서점에 왔다가 "퍼거슨을 발견했다"고 썼다.

이 무렵 템플턴은 밀수 서적 거래를 중단했다. 동료 서적상들은 여전히 밀수 서적을 다루고 있었지만, 그는 그 위험한 사업에서 발을 뺐다. 당시 템플턴은 어바인의 평의원으로 활발하게 활동하고 있었고, 1785년에는 지역 탄광의 주주가 되었다. 1782년 번스를 만났을 때 템플턴은 지역의 학교에 색다른 책을 공급하는, 장기적이고 전례 없는 사업을 막 시작한 참이었다. 템플턴과 그의 서점은 아이들에게 창작문학을 소개하는 새로운 사업을 중심으로 빠르게 성장하고 있었다. 당시 어바인의 교사인 벤저민 몰의 놀라운 혜안에 따르면, 아이들은 단지 읽는 법이 아니라 비판적으로 읽는 법을 배워야 했다. 몰은 책은 곧 교본이라는 해묵은 생각을 단호하게 거부하고, 문학이 삶의 무한한 자산임을 알렸다. 책은 더이상 도덕이나 사회의 관습적 잣대를 전달하는 도구가 아니라 독자가 새로운 자아를 찾는 장이 되어야 했다.

템플턴은 자신의 서점을 이 새로운 사상의 수원지로 만들었다. 그는 몰과 함께 주문도서 목록을 작성했다. 꼬마들을 위한 페니북Penny books('감탄과 관찰을 위한' 작은 그림책)도 분명 주문했을 것이다. 또한 리처드 웨어Richard Ware의 주문으로 토머스 보어맨Thomas Boreman이 1730년에 발행한 《300 동물도감 Three Hundred Animals》도 들여놓았다. 《300 동물도감》은 '동물과 새, 물고기를 설명한 책으로 특히 고래잡이 묘사가 담겨 있으며, 무엇보다 최고의 저자들의 글을 발췌하여 아이들이 독서에 흥미를 느끼도록 해줄' 책이었다. 템플턴은 함께 노래할 수 있는 찬송가집도 주문했고 노래책도 주문했다. 아이작 왓츠Isaac Watts(18세기에 활동했던 영국의 찬송가 작가로《어린이를 위한 쉬운 찬송가》등의 책을 펴냄-옮긴이)의 《교리문답집Catechism》과 존 버니언의 《천로역정》도 주문목록에 있었다. 《천로역정》은 문장이 아름답기도 했지만 길과 여정, 목적지라는 이미지를 통해 아이들에게 자기 삶을 상징적인 여정과 도착으로 생각해볼 기회를 준다는 점에서 좋았다. 템플턴은 글씨 연습을 위한 책도 세트로 구비했다. 단지 미래의 고용주를 흡족하게 할 반듯한 글씨체를 연습하라는 게 아니라 무엇보다 아이들 각자가 개성적인 글씨체를 익힐 수 있도록 하기 위해서였다.

템플턴은 극작품도 들여놓았다. 비극만이 아니라 학교에서 공연할 수 있는 대본들도 구비했다. 올리버 골드스미스Oliver Goldsmith의 수필과 토비어스 스몰렛Tobias Smollet과 헨리 필딩Henry Fielding의 소설도 들여놓았다. 또한 토머스 페넌트Thomas Pennant의 《스코틀랜드 여행Tours of Scotland》과 조지 안슨 George Anson의 《항해기Voyages》《로빈슨 크루소》《걸리버 여행기》로 진열장을 화사하게 꾸몄다. 길버트필드의 윌리엄 해밀튼William Hamilton이 쓴 1772년판 《윌리엄 월리스William Wallace》(13세기 말과 14세기 초 스코틀랜드 독립운동을 이끌었던 윌리엄 월리스에 대한 15세기 잉글랜드의 서사시를 축약한 작품-옮긴이) 네 부를 신중하게 주문했다. 그는 스코틀랜드 시인들의 작품도 들여놓았다. 제임스 톰슨James Thomson과 로버트 퍼거슨의 시도 소개했고 최초의 스코틀랜드 오페라인 앨런 램지Allan Ramsay의 《온유한 목자들The Gentle Shepherd》도 구비했다.

1797년까지 템플턴의 서점에는 긴 선반과 높이 쌓인 책들이 차고 넘쳤다. 템플턴은 새로 나오는 책들을 서점에 들여놓았다. 그는 분명 번스의 《주로 스코틀랜드 방언으로 쓴 시Poems Chiefly in The Scots Dialect》 1761년 킬마너크판을 고객을 위해 다량 주문했을 것이다. 1787년의 에든버러판도 분명 서점에 들여놓았을 것이다. 템플턴은 그 시집을 사는 고객들에게 이 모든 게 자신의 서점에서 시작되었다고 이야기했을까?

1789년 템플턴은 킬마너크 외곽 펜위크 교회의 수학천재 목사인 윌리엄 할버트William Halbert의 《실용 계산, 개선된 계산법Practical Figurer, An Improved System of Arithmetic》을 구독한 뒤 혁신적인 이론 수학책들을 사들였다. 그리고 이 책들을 위해 서점에 아예 새로운 코너를 마련했다. 템플턴과 할버트는 한때 번스가 퍼거슨의 시를 읽고, 벤저민 몰이 책을 통해 아이들의 자아를 성장시킬 꿈을 꾸었던 그 서점에서 새로운 사업을 구상했다.

템플턴은 학교에 교재용으로 판매할 생각으로 할버트의 〈계산법 저널 Arithmetic Journal〉과 수학 도서를 칸막이된 선반에 들여놓았다. 하지만 나중에는 수학책을 사러 오는 부모들에게도 팔았다. 어린 시절 학교에서 배운 '셈' 만으로는 18세기 말 스코틀랜드 저지대에서 빠르게 성장하는 산업사회를 따라잡기 힘들었던 부모들이 수학책을 사러 그의 서점에 오기도 했다. 아이와 어른이 함께 배우는 세상은 16세기 스코틀랜드의 종교개혁가 존 녹스가 꿈꾸던 세상이기도 했다. 그리고 바로 이 발견의 공간에서 그 꿈이 이루어졌다. 그의 서점에서 이루어진 꿈이 어디 그뿐이겠는가.

월리엄 템플턴은 1797년 세상을 떠났다. 로버트 번스가 세상을 떠난 지 몇 달 후였다.

7

스미스서점
SMITH'S BOOKSHOP

안티구아 스트리트 1번지, 에든버러
EDINBURGH

SMITH'S
BOOKSHOP

SMITH'S
BOOKSHOP

《보물섬》의 작가 로버트 루이스 스티븐슨Robert Louis Stevenson이 나보다 먼저 이곳에 왔다. 1856년에 다섯 살 꼬마 스티븐슨이 안티구아 스트리트 1번지의 층계 세 계단을 처음으로 올라와 용감하게 서점에 들어섰다. 스티븐슨은 스코틀랜드 꼬마의 억양으로 그림들을 볼 수 있냐고 물었다. 서점직원이 대답했다. "진열창에 있습니다, 손님." 단검과 권총으로 무장한, 상상의 산물인 그것들은 서점 진열창에도, 스티븐슨의 꿈속에도 있었다. 스티븐슨은 이들을 독창적인 예술가 스켈트(마틴 스켈트Martin Skelt가 모형극장을 제조·판매하기 시작했고, 그의 사후에 아들들이 스켈트모형극장 사업을 이어갔던 것으로 여겨진다―옮긴이)의 이름을 따서 '스켈터리Skeltery'라 불렀다. 이 상상의 형상들 옆에 두꺼운 판지로 만든 모형극장toy theater도 있었다. 스켈트가 이 모형극장의 플랫flat(배경을 보여주는 수직 무대장치―옮긴이)과 장면, 인물, 대본을 만들었다. 그는 독창적인 예술가이자 상상력을 지닌 디자이너였다.

서점에서는 "성경 같은 냄새가 났다"고 스티븐슨은 회상했다. 그리고 서점 안은 근사하게 어두웠다.

안티구아 스트리트 1번지는 여러 해 동안 서점이었다. 스티븐슨이 신나는 어조로 회상하듯 에든버러 뉴타운 동쪽 가장자리 도로 끝에 위치한 이 서점은 리스 부두로 가는 길목에 있었다. 1837년에 이곳에 서점을 처음으로 연 사람은 그레이Gray 씨로, 서적상이자 문구상인 로버트 오글Robert Ogle과 동업을 했던 독실하고 전형적인 서적상이었다. 제임스 스미스James Smith의 서점은 1841년에 문을 열었다.

스미스는 선견지명과 야심을 지닌 사업가였다. 그는 책과 문구를 팔기 시작했다. 아마 로버트 오글이 팔던 재고품으로 시작했을 것이다. 스티븐슨이 서점을 찾았을 무렵 그는 새로운 상품을 진열창에 더했다. 바로 두꺼운 종이로 만든 모형극장이었다. 집에 설치할 수 있는 이 극장은 무대에 '숲 속 장면'이나 '전투 장면' 같은 밝은 배경을 끼운 다음 얇은 금속 막대를 사용해 무대 위 등장인물을 움직일 수 있었다. 서점 진열창에는 대본도 "어수선하게 포개져 있었다"고 스티븐슨은 회상한다. 1856년에 스켈트극장을 넋을 놓고 바라보던 스티븐슨은 그 무렵 런던에 매혹적인 모형극장의 거장 벤자민 폴록Benjamin Pollock이 등장했다는 사실을 몰랐을 것이다.

에든버러 동쪽 끝이 활기찬 동네로 성장하면서 더 어리고 다양한 고객이 스미스서점을 찾았다. 부모와 함께 나들이를 나온 아이들이었다. 형형색색 아름다운 그의 진열창은 지나가던 꼬마들의 발걸음을 붙들었고, 어린 스티븐슨을 돌봐주던 앨리슨 커닝엄Alison Cunningham 같은 보모에게는 잠시 숨 돌릴 틈을 주었다. 스미스는 순회 대출 도서관(독자에게 일정한 금액의 구독료를 받고 책을 대출해주던 곳-옮긴이)도 겸했고 스탬프도 나누어주었으며, 곧 두 명의 젊은 남자를 직원으로 고용했다. 스티븐슨은 일곱 살 무렵에 친구들을 데리고 스미스서점에 들어간 적이 있었다. 그때 이 두 서점직원이 아이들을 '깡패' 취급하면서 "돈이 있는지, 아니면 빈손인지" 물었다고 한다. 생각해보면 무척 재미있는 장면이다. 품위 있는 서점 전체가 스켈트모형극장 속의 한 장면으로 변신하는 것 같지 않은가? 용감한 어린 주인공들이 힘세고 부당한 적과 맞서고 있는 모습이 떠오르지 않는가? 이런 장면은 스티븐슨의 《보물섬》과 《유괴Kidnapped》에도 거듭 등장한다. 돛단배의 갑판에서, 재커바이트 Jacobite(스튜어드 왕가의 제임스 2세를 복위시키기 위해 일련의 반란을 일으켰던 사람들-옮긴이)가 저항하던 산비탈에서, 에든버러의 냄새 나는 폐선에서.

나는 학생 시절에 처음 이 서점을 찾았다. 이 가게에 한번 서보고 싶었고, 스티븐슨의 책이 팔리고 있는 모습을 보고 싶었다. 스티븐슨이 묘사한 층계도 그대로였고, 문도 창문도 그대로였다. 하지만 서점은 다른 종류의 가게로 변해 있었다. 신문과 담배를 파는 분주한 가게가 되어 있었다. 그래도 선반 달린 벽을 따라서 책이 어떻게 놓여 있었을지 상상하기란 어렵지 않았다. 가게 바닥은 무대가 될 만큼 널찍했다. 그 무대 위에서 서점주인 제임스 스미스는 꾸물거리며 망설이는 꼬마 스티븐슨에게 졌다는 듯 손을 위로 올리며 소리쳤다. "애야, 네가 뭘 살 마음이나 있는지 모르겠구나!"

꼬마 스티븐슨이 들락거린 지 한 세기나 지난 후에 그곳을 찾은 내게 그 시절의 책들에 대해, 혹은 주인에 대해 이야기를 들려줄 사람은 없었다. 스코틀랜드 출판업 색인에서 1879년 이후 제임스 스미스에 대한 기록은 찾을 수 없었다. 1879년이면 스티븐슨이 미국으로 떠난 해이기도 하다. 스티븐슨은 1879년 8월 7일 캘리포니아에 있는, 사랑하는 프란시스 오스본 Frances Osbourne을 만나기 위해 그리녹에서 드보니아 호에 승선했다. 5년 후 그는 자신의 어린 시절을 회고하는 에세이인 〈색깔 없는 것은 1페니, 있는 것은 2페니A Penny Plain and Tuppence Coloured〉에서 안티구아 스트리트 1번지 서점에서의 모험, 자신을 성장시킨 그 모험에 대한 이야기를 썼다.

그가 에든버러를 떠나던 바로 그해에 제임스 스미스가 서점 문을 닫았다고 생각하니 왠지 기분이 이상해진다. 스미스는 자신이 스티븐슨의 상상의 실타래를 얼마나 매혹적으로 물들였는지 결코 몰랐을 것이다. 스켈트 모형극장의 마력은 스티븐슨만 사로잡은 게 아니다. 나 역시 일곱 번째 생일에 오빠에게 폴록의 모형극장을 선물 받았다. 오빠가 에든버러를 배경으로 한 스티븐슨의 이야기로 모형극장을 재미있게 연출해, 당시 내게 미지의 도시였던 에든버러는 상상할 수 없을 만큼 신비로운 곳이 되었다. 나중에 이 서점과 모형극장의 이미지는 내게도 하나의 출발점, 은유가 되었다. 그곳은 시작과 끝이 함께하는 곳, 커튼과 막, 장면, 대단원을 열고 닫는 곳이었다.

1960년 무렵 나는 남편과 아들과 함께 에든버러에 가정을 꾸렸다. 스티븐슨의 어머니 마거릿 스티븐슨처럼 나도 어린 아들과 함께 기차가 프린스 스트리트 가든으로 들어오는 모습을 지켜봤고, 학교에 가는 아들을 배웅했다. 나와 아들은 뉴타운의 조지 스트리트에서 책을 사서 읽었고, 스티븐슨 모자는 우리가 읽던 이야기의 검은색 에칭 그림에 등장하는 도시처럼 구불구불한 골목과 뾰족탑이 있는 올드타운에서 책을 사서 읽었다.

1879년에 스티븐슨이 에든버러를 떠났듯, 1971년부터 나도 더이상

에든버러에 살지 않았다. 스티븐슨처럼 나 역시도 에든버러를 떠날 때 망명을 가는 기분이었다. 또다른 내가 그곳에 남아 연극이 다시 시작되기를, 환한 형상들이 서둘러 무대에 오르고 이야기가 다시 시작되기를 기다리는 것만 같았다. 스티븐슨은 남태평양에서 글을 쓰면서도 에든버러 서쪽, 허미스턴의 황무지를 맴도는 새들의 울음소리가 들리는 듯하다고 했다. 나는 어디에 있든 전차가 전속력으로 더 마운드를 끼익대며 돌아 내려오는 소리, 일요일 아침 일찍 그레이프라이어 교회 주변으로 모여드는 발자국 소리가 들리는 것 같았다.

나는 1984년 어느 날 저녁에 안티구아 스트리트를 다시 찾았다. 그날은 솔즈베리그린호텔에서 열리는 스티븐슨학회의 마지막 날이었다. 스티븐슨의 전기를 쓴 J. C. 퍼나스J. C. Furnas의 마지막 인사로 학회는 막을 내렸다. 스티븐슨의 오랜 친구임이 분명한 그는 느린 미국식 억양으로 스티븐슨에 대해 이야기했다. 그날 스티븐슨이 그 자리에 함께 했다면 자신의 어린 시절에 대해, 삶의 여정과 망명에 대해 새로운 이야기를 들려주었을 텐데. 그리고 언제나, 언제나 그를 떠나지 않고 맴돌던 에든버러의 꿈에 대해 이야기했을 텐데. 나는 학회의 모든 이야기를 뒤로 하고 안티구아 스트리트 1번지를 찾아갔다. 늦은 오후의 햇살 속에 저만치 물러서 있는 안티구아 1번지는 무대 배경처럼 낯설어 보였다. 주춧돌은 이제 더 거무스름해졌고 더 닳은 듯했다. 다음날이 일요일이어서 창에는 블라인드가 내려져 있었다. 하지만 갈매기들은 여전히 그곳에 있었다. 리스 부두로 이어지는 반짝이는 긴 포장도로도 변함이 없었다.

스켈트극장은 스티븐슨의 세상을 변화시켰다. 스켈트극장과 더불어

스티븐슨의 세상은 정적인 세상에서 그가 '트란스폰투스Transpontus'라 이름 붙인 세상으로 변화했다. 그는 트란스폰투스가 무엇인지는 설명하지 않았다. 아마 그를 이해할 독자들을 위해 이심전심의 미소를 선사하고 싶었던 모양이다. 나와 또다른 나, 나와 망명지를 배회하는 나, 나와 이해할 수 없는 나 사이의 다리에는 그러한 변모의 순간이 펼쳐지기 마련이다. 그 모든 것이 어디에서 시작되었는지 알고 싶다면 갈매기가 날아다니는 부두 근처의 거무스름한 작은 석조건물에 자리 잡은 서점 진열창의 불 켜진 무대를 떠올리면 될 것이다.

8

아톨브라우즈서점
ATHOLL BROWSE BOOKSHOP

블레어 아톨, 스코틀랜드
BLAIR ATHOLL

Atholl Browse
Bookshop

정류장

Atholl Browse Bookshop

아톨 브라우즈는 유일하게 액자 속 사진으로 떠오르는 서점이다. 이 서점을 생각할 때면 북쪽에서 다가가는 장면을 떠올려보려고 애쓰지만 언제나 남쪽에서 보는 풍경, 곧 언덕과 길, 나무와 어우러진 조용한 서점을 떠올리게 되곤 한다. 참으로 이상한 일이다. 사실 아톨브라우즈서점은 활기 넘치는 장소에 있다. 서점 뒤로는 에든버러에서 인버네스까지 가는 급행열차가 "블~레~어 아톨!"이라는 짐꾼의 외침소리와 함께 멈춰 선다. 서점이 자리 잡은 석조 건물은 전생에 도로변 주유소였다. 그러니까 수십 년간 온갖 탈것들이 덜컹거리며 들어와서, 멈춰 섰다가 다시 출발했던 곳, 지나가다 잠시 들르는 사람들로 북적대던 곳이었다. 1988년 이곳에 서점이 생기면서 조용한 곳이 되었다.

주유 펌프는 사라졌지만 누군가 꽃을 심은 키 큰 화분으로 그 흔적을 가려놓았다. 이렇게 화분으로 뚝딱 모습을 바꾸고 나니 창문 위에도 초록과 흰색 줄무늬 차양을 치고, 동화 속 소품 같은 나무상자^(선홍색)에 책을 담아 밖에 내놓을 생각을 하게 됐을 것이다. 이 머나먼 북쪽 지방에서는 지명조차 겨울바람에 딱딱하게 굳어버리는 것 같다. 캘바인^{Calvine}, 덜위니^{Dalwhinnie}, 더 렉트^{the Lecht}. 하지만 북부의 가장자리인 이곳에 이르면 갑자기 화창한 여름 같은 분위기 속에서 책과 휴식을 만날 수 있다. 모든 것이 책장 넘기는 속도만큼 느려진다.

서점주인은 처음에 책을 어떻게 모았는지 기록해두었다. 동네 목사님 한 분이 펭귄 책을 여러 박스 들고 왔고, 동네 사람 하나가 훌륭한 스코틀랜드 책들을 들고 왔다. 경매에서 낚시 관련 책들을 얻어 왔고, 재고를 처분하는 어느 서적상에게 많은 책을 구입했다. 거기다 도서관에 소장되었던 책들도 많이 구해왔다. 서점직원들은 동네의 특성을 연구했다. 가을과 봄 사이에 조용한 이 동네에서 사람들이 원하는 책은 바느질 책, 철도 여행 책, 여름 낚시, 요리, 소설 그리고 인기 있는 초록색 펭귄 탐정소설이었다.

나는 1991년 여름에 핀드혼에 머무를 생각으로 가던 길에 이 서점을 발견했다. 핀드혼에서 보내게 될 한 주에 대해 불안하고 막막했던 나는 기분 전환을 위해 우회도로로 들어섰다. 그러자 초록빛의 블레어 아톨 마을이 펼쳐졌다. 마을 가운데에 길고 하얀 블레어 성이 있었다. 열린 성문 사이로 초록 정원이 보였다. 기차역 옆에는 블레어 성보다 더 진짜 성 같은 호텔 하나가 영화의 첫 장면처럼 위풍당당하게 서 있었다. 호텔의 계단과 웅장한 빅토리아식 입구는 여름 관광객으로 북적였다. 그리고 그 너머에 아톨브라우즈서점이 홀로 서 있었다. 나는 차를 세웠다.

프로방스풍으로 꾸민 환한 외부만큼이나 서점 내부도 멋있고 환했다. 평범하지 않았다. 들어가자마자 한 남자가 내게 인사를 하며 커피를 권했다. 우리는 붉은 천이 덮인, 창가 옆의 널찍한 테이블에 앉아 커피를 마셨다. 좁은 통로 끝에는 책이 담긴 상자들이 있었고, 분류표가 달린 말쑥한 새 책장에 책이 가득했다. 어딘지 모를 곳으로 이어지는 계단도 큰 책상도 없었다. 책뿐이었다. 어딜 봐도 책이었다.

나는 그곳에서 곧 에일린 매켄지Eileen Mackenzie의 《핀들레이터 자매: 우정과 문학The Findlater Sisters: Friendship and Literature》을 찾아냈다. 20세기 초반에 활동하던 세련되고 재치 있는 스코틀랜드 소설가인 제인과 메리 핀들레이터 자매에 관한 최고의 책이었다. 그 옆에는 이 자매 소설가가 쓴 최고의 소설로, 1908년에 출판된 《크로스리그스Crossriggs》가 있었다. 이 소설의 근대적 여자 주인공 알렉스 호프Alex Hope는 시골 마을에 갇혀 산다(물론 에든버러와 글래스고로 가는 기차가 늘 탈출구로 있긴 하지만). 그녀에게 손을 내미는 여러 선택의 순간이 있었지만, 그녀는 삶의 파멸에 이르기까지 새로운 길을 찾지 못한다. 이 책의 어떤 점, 아마도 알렉스 호프라는 인물이 현대적 감성에도 호소하는 바가 있었는지 밝은 표지의 새로운 판본이 2009년과 2010년에 발행되었다. 제인 오스틴이 가족도 없이 에드워드시대 북부의 퍼스셔에 혼자 살았다면 아마 이런 소설을 쓰지 않았을까?

탁자에서 책을 계산하자 커피를 갖다 줬던 남자가 어디로 가냐고 물었다. 나는 핀드혼이라고 답하며 "어떻게 큰 길로 되돌아가죠?"라고 물었다. 그가 답했다. "되돌아갈 필요 없어요. 요 앞길로 둘러가면 돼요."

서점 밖에서는 다른 손님들이 선홍색 상자에 담긴 밝은 표지의 큰 페이퍼백 책들을 구경하고 있었다. 나도 그 무리에 끼었다. 우리는 꽃밭에 몰려든 꿀벌 같았다.

그 후 몇 년간 나는 아톨브라우즈서점을 서너 번 더 찾았다. 책은 늘 바뀌어서 어떤 책이 있을지 예측할 수 없었다. 다방면에 두루 관심이 있는 책 수집가(혹은 한 사람도 빠짐없이 책을 탐독하는 대가족 출신의 책 수집가)에게서 책을 얻어오는 게 아닌가 싶을 만큼 책이 다양했다. 아톨브라우즈서점에서 나는 발레 비평가 케어릴 브람스Caryl Brahms와 브리지 게임의 천재 S. J. 사이먼S. J. Simon이 함께 쓴 흔치 않은 작품인 《발레의 총알A Bullet in the Ballet》도 만났고, 영화 〈셰익스피어 인 러브Shakespeare in Love〉에 영감을 주었다는 《베이컨을 위한 침대는 없다No Bed for Bacon》도 만났다. 마쓰오 바쇼Matsuo Basho의 《오쿠로 가는 작은 길The Narrow Road to the Deep North》도 이곳에서 찾았다. 그는 17세기 일본 작가였지만 분명 나중에 로버트 루이스 스티븐슨으로 환생했을 것 같은 사람이다. 그는 소나무 아래에서 글을 쓰고 잠을 잤으며, 자연의 신비에 사로잡힌 사람이었다.

아톨브라우즈서점은 내가 아메리카 원주민의 시집을 수집하기 시작한 곳이기도 하다. 치카소 족 출신의 린다 호건Linda Hogan이 자상한 보살핌과 매서운 독설 사이를 오가는 자신의 어머니에 대해 쓴 시집 《붉은 진흙Red Clay》도 이곳에서 만났다. 나중에 이곳에서 만난 또다른 시집으로는 애너 리 월터Anna Lee Walter의 《말하는 인디언Talking Indian》이 있다. 이 시집은 생존과 글쓰기에 대한 시인의 성찰인 동시에 14세기 포니 족의 조상을 찾아 떠난 여정이다. 시인은 대평원으로, 그리고 (그들을 마침내 찾은) 19세기 네브래스카와 캔자스의 인디언 보호구역으로 우리를 안내한다.

《하드 데이스 나이트A Hard Day's Night》는 반짝이는 연극 광고문처럼 다른 책 위에 놓여 있었다. 나는 비틀스가 영화 〈하드 데이스 나이트〉를 어떻게 만들었는지 알고 싶어서 그 책을 샀다. 그리고 그 책 밑에 놓여 있던 책도 함께 샀다. 에브리맨 페이퍼백에서 나온 존 던 시집이었다. 미국 출판사 더블데이뉴욕의 책갈피가 존 던의 초기 시 사이에 꽂혀 있었다.

아톨브라우즈서점은 2003년에 새 주인에게 넘어갔다. 나는 스코틀랜드 시인 케네스 화이트Kenneth White의 《고르구넬에서 쓴 편지Letters from Gourgounel》를 찾기 위해 서점에 다시 들렀다. 그의 책을 찾으려면 저자명을 알파벳순으로 정리해놓은 서점 책장 앞에서 허리를 굽혀 바닥 선반의 책들을 뒤져야 했다. 마지막 알파벳들이 있는 그 선반은 너무 낮아서 제목을 읽기도 힘들었다. W. B. 예이츠의 시집을 찾을 때는 그보다 더했다. 화이트의 책이 있을 때는 거의 없었다. 하지만 그의 책이 있을 지점에 월트 휘트먼이 있었다. 그렇게 해서 2006년 3월 30일 목요일, 마지막으로 그 서점을 찾았을 때 나는 1947년판《풀잎》의 1961년 에브리맨 재판본을 3파운드에 살 수 있었다. 청록색 천으로 표지를 두른 판본이었다. 서점주인은 책의 "노출된 가장자리가 살짝 갈색으로 변했다"고 알려주었다. 나는 그의 표현이 서점 근처의 숲과도 근사하게 맞아 떨어진다고 생각했다.

아톨브라우즈서점은 20년이나 그 자리를 지켰다. 하지만 나는 그 서점을 떠올릴 때면 이상하게도 스콧 피츠제럴드의 소설에 그려진 아름다운 덧없음이 떠오르곤 한다. 마치 하룻밤 사이에, 한낮 사이에, 하루아침에 서점이 사라져버리기나 한 듯 말이다. 어쩌면 아톨브라우즈서점은 너무 여렸는지 모른다. 충분히 나이 들기 전에 떠나버린 이 서점은 여름을 나기에 지나치게 옷을 껴입었는지 모른다. 그 화사한 얼굴을 유지하기에는 너무 어렸는지 모른다. 하지만 내 생각이 틀렸다.

2011년에 옛 아톨브라우즈서점 터에는 아름다운 예술과 디자인, 꽃이 가득했다. 어쩌면 서점은 늘 그러기를 꿈꿨는지 모르겠다. 서점에 있던 책들은 스코틀랜드 피틀로크리의 서점으로 옮겨졌다고 한다. 그 서점도 기차역 근처라니 책들은 여전히 기차 소리를 듣고 있을 것이다.

9

그레일서점
The Grail Bookshop

조지 스트리트, 에든버러
Edinburgh

The
Grail Bookshop

매주 토요일

The Grail Bookshop

조지 스트리트. 18세기에 만들어진 에든버러의 이 널찍하고 곧은 대로는 동쪽의 성앤드루광장과 스코틀랜드왕립은행, 서쪽의 샬럿광장 사이를 지난다.

1970년대 이 조지 스트리트의 북쪽 면 가운데쯤에 음악 전문서점이 하나 있었다. 두루마리 악보들이 서점 진열창에 펼쳐져 있었고, 모차르트와 멘델스존의 크림색 흉상이 테이블 위에 놓여 있었다. 현악기 활, 목관악기 상자, 술 달린 빨간 음악회 프로그램도 있었다. 어셔홀Usher Hall(에든버러를 대표하는 콘서트홀-옮긴이) 콘서트를 알리는 포스터가 서점 문을 장식하고 있거나, 입구에 세워진 도금 이젤 위에 나른하게 기대어 있곤 했다. 끝이 말리는, 반짝이는 종이에 이올리온 하프 문양과 옛 활자체를 넣은 포스터들이었다.

이 음악 전문서점과 그리 멀지 않은 곳에는 에든버러에서 장사가 가장

잘되는 경매장이 특색 없는 모습으로, 도로변에 길게 자리를 차지하고 있었다. 조지 스트리트 인도에서 더이상은 데이비드 흄과 애덤 스미스를 볼 수 없었지만, 그들도 분명 20세기 에든버러 사람들과 다를 바 없었을 것이다. 교회에 가고, 중고품을 사고, 절약하면서도 정량의 예술을 즐길 줄 알았으리라. 오랜 세월 매서운 바람이 브라운서점의 석벽을 하얗게 마모시키고 초록 블라인드를 흔들며 지나갔다. 브라운서점의 위층에는 티룸이 있었고, 조지 스트리트의 남쪽 면과 풍성하고 우아한 아치형 건물인 어셈블리 룸The Assembly Room(조지 스트리트에 위치한 에든버러의 주요 연회장-옮긴이)이 내다보였다.

1787년에 지어진 어셈블리 룸은 균형 잡힌 형태와 안정적인 토대라는 조지시대Georgian era(하노버 왕조의 조지 1세부터 조지 4세의 통치 기간인 1714년부터 1830년까지의 시기로 장식을 절제하고 비례를 중시하는 건축양식이 발달함-옮긴이)의 건축 이상을 완벽하게 구현한다. 이곳에서 월터 스콧Walter Scott이 식사를 들기도 했고, 찰스 디킨스와 윌리엄 새커리William Thackeray가 연회장을 가득 메운 사람들에게 독서대 앞에서 자신의 신작을 낭송하기도 했다. 양쪽으로 달린 여닫이문이 열리면 사람들이 물밀 듯 들어와 거울 달린 커다란 무도회장에서 춤을 추었다. 춤추는 형상들이 끊임없이 돌며 서로 만났다 헤어졌다. 나는 열여덟 살 때 이곳에서 세련되고 유머 감각이 뛰어난 배우 알레스테어 심Alastair Sim(스코틀랜드 출신 배우로〈스크루지Scrooge〉를 비롯한 다수의 영국 고전 영화에 출연했고, 에든버러대학에서 연극을 강의했으며 에든버러대학 총장을 지내기도 했다-옮긴이)과 춤을 춘 적이 있다. 당시 에든버러대학 총장으로 뽑혔던 앨러스테어 심은 내게 자기가 어떤 총장이 될 것 같으냐고 물었다.

어셈블리 룸에서 몇 건물 떨어진 곳에 흰색과 크림색 줄무늬 차양 아

래 환하게 빛나는 가게가 있었다. 8월 말의 어느 무더운 날, 어셈블리 룸이
에든버러 축제클럽으로 변하는 그 마법 같은 시기에 내 약혼반지를 샀던 곳
이다. 그날 저녁 나는 축제클럽으로 변신한 어셈블리 룸에 있었다. 삶은 눈
부신 금빛 행복을 예감하며 앞으로 달려갔다. 외투 보관소에서 나이 든 수
녀님 한 분이 내게 반지를 보여달라 하셨고, 행복이 가득한 곳에 그물을 치
기를 빌어주셨다. 그날은 조지 스트리트가 달라보였다. 도로에 깔린 돌마
저 노래를 불렀다.

어셈블리 룸 근처 26번지의 그레일서점을 발견했던 1970년대 초반에
나는 삶을 이해할 관점에 목말라 있었다. 그레일서점에 대한 소문을 어디에
서 어떻게 들었는지는 잘 기억나지 않는다. 입구에 바싹 붙은, 난간 달린 층
계 다섯 계단을 올라가면 문이 나왔다. 이상적인 비율의 18세기풍 문으로,
나무와 유리로 만든 작은 채광창 하나가 달려 있었다. 서점은 은신처처럼
아늑했다.

그레일서점을 거듭 찾아갔던 이유는 처음 찾은 날 느꼈던 그 느낌 때
문이었을 것이다. 서점 곳곳에 옛 주택의 흔적이 남아 있었다. 복도와 구부
러진 계단도 그랬고, 책들이 놓여 있던 오른쪽 방에서도 살림집의 느낌이
남아 있었다. 그곳은 아담한 크기의 뉴타운 집이었다. 나는 드러몬드 플레
이스의 한 아파트에서 에든버러 생활을 시작했다. 역시 뉴타운에 있던 그
아파트는 무도회와 화려한 밤, 사랑, 젊음을 위해 지어진 건물의 중간층에
있었다. 각 방에는 양쪽으로 여닫는 문이 달려 있어서, 언제라도 문이 휙 열
리고 촛불이 켜지면 흥겨운 바이올린 연주가 시작될 것만 같았다. 공동부엌
에 갈 때면 알코브alcove(방이나 홀의 오목하게 들어간 장소로 반독립적 공간으로 사용한다-옮긴이)

에서 백개먼backgammon 게임(주사놀이 가운데 가장 보편적인 게임-옮긴이)이라도 벌어지고 있지 않을까 내심 기대하게 되는 곳이었다. 그러나 그레일서점은 달랐다. 좁은 주택에 자리해 아늑했다. 내가 보았던 그 어느 곳보다 지성과 품위가 아름답게 어우러진 곳이었다.

밝은 진달래색 벽지를 바탕으로 놓인 선반에 책들이 둥그렇게 빙 둘러가며 놓여 있었다. 방으로 연결된 짧은 복도 양면에도 책들이 꽂혀 있었고, 중간중간에 푹신한 소파와 1인용 의자가 놓여 있어서 책을 읽기에 좋았다. 복도 맨 끝 램프 아래에 키가 큰 시집 책장이 있었다. 나는 그곳을 제일 좋아했다. 기회가 있을 때마다 그곳에서 책과 시집을 읽었다. 나는 그곳에서 노먼 맥케익Norman MacCaig의 《시선집Selected Poems》을 샀고, 이언 크라이튼 스미스Ian Crichton Smith의 책을 처음으로 읽었다. 필립 라킨Philip Larkin도, 셰이머스 히니 Seamus Heaney(북아일랜드 태생의 시인으로 노벨문학상 수상자-옮긴이)도 그곳에서 읽었다.

그레일서점의 배경에는 스코틀랜드 성배운동Grail Movement(1926년 아브드 루 신Abd-ru-Shin의《진리를 찾아서: 성배의 메시지In the Light of Truth: The Grail Message》에서 시작된 종교 운동-옮긴이)이 있었다. 성배운동은 주술적인 성배 신화를 희망을 포기한 사람들의 인생을 바꾸는 기적으로 변형시켰다. 성배운동 회원들은 돈과 친절, 통찰력으로 그런 기적을 이루려 했다. 1933년부터 1970년대 중반 사이에 성배운동의 회원들은 성배운동회관과 성배운동의 영향을 받은 교회 조직을 통해 학습단체와 호스텔을 운영했다. 1947년에는 스코틀랜드 중부의 폴몬트 마을에 오길비연수대학Ogilvy Training College을 열었다. 이들은 전국적으로 알려졌고, 제2차 세계대전 이후에는 세계적으로 전파되었다. 1962년 무렵 스코틀랜드 성배운동은 초교파적인 배움과 미학을 전파하는 세계교회주의적 장소로 그레일서점을 열었다.

이 책을 쓰기 시작할 때만 해도 나는 그 사실을 전혀 몰랐다. 서점 주소를 확인해준 에든버러의 어느 사서가 드러몬드 플레이스에 있는 스코틀랜드 가톨릭 기록보관소에 편지를 써보라고 제안했다. 과연 가톨릭 기록보관소 직원이 내게 스코틀랜드 성배운동의 역사에 관한 자료를 보내주었다. 자료를 읽고 나니 그레일서점이 새로운 이미지로 다가왔다. 성배의 전설에 대해 내가 알고 있는 것이라고는 글래스톤베리Glastonbury(아서 왕이 잠든 곳이자 성배의 안식처로 알려진 곳—옮긴이), 아서 왕의 전설, 예언자와 성배를 찾으러 가는 여정, 글, 책 같은 것이었다. 그것들 역시 변화의 일종이라 할 수 있다. 성배운동에서 말하는 치유 개념과는 다르지만 크게 보면 같은 전통에 속하는 것이다.

그러고 보니 에든버러의 그레일서점은 세계문학을 통해 세계와 소통하기 위해 세워진 곳이었다. 내가 13세기 아프가니스탄 시인 루미Rumi의 시를 처음 읽은 것도, 마틴 루서 킹의 연설을 처음 접한 곳도 그곳이었다. 그레일서점에서 나는 대학 시절 좋아했던 크리스토퍼 프라이Christopher Fry의 희곡에 다시 끌리기 시작했고, 서점에서 일하던 미국인 자원봉사자를 만난 뒤부터 월리스 스티븐스Wallace Stevens와 에밀리 디킨슨을 읽기 시작했다.

하지만 내게 그레일서점은 에든버러의 중심에 자리한 그 존재감으로 여전히 기억된다. 서점 2층은 모임을 위해 개방되어 있었다. 그곳에서 예술가들은 전시회를, 음악가들은 연주회를, 시인들은 시 낭송회를 열었다. 희곡 낭송회가 열리기도 했다. 언젠가 '성 앤드루의 날' 밤에 피온 맥콜라Fionn MacColla가 그곳에서 자신의 작품을 낭송한 적도 있었다. 스코틀랜드 소개 Scottish Clearance(18~19세기 농업혁명의 여파로 스코틀랜드 고지대의 농부들이 농지를 빼앗기고 강제로

^{이주당한 사건-옮긴이})를 다룬 《그리고 수탉이 울었다And The Cock Crew》를 읽었다. 배우 던컨 매크레이Duncan McRae가 공연한 적도 있었다. 나는 아래층에서 책에 파묻혀 있느라 둘 다 놓치고 말았지만 말이다. 그 무렵 가진 돈이 거의 없었던 나는 여유가 있을 때만 책을 구입했다. 하지만 그곳에서는 아무리 오래 책을 읽어도 아무도 신경 쓰지 않았다.

결국 그레일서점은 1977년 문을 닫고 말았다. 조지 스트리트의 임대료 상승이 주원인이었다. 나는 성배를 찾으러 그곳에 가지는 않았지만 언제나 소중한 무언가를 발견했다. 그레일서점은 내게 책 이상의 것을 선사했다. 토요일 아침마다 나 혼자서, 또는 아들과 함께 그레일서점에 있을 때면 그곳의 밝은 음악^(대개는 비발디였다)과 대화, 그림, 책 읽기에 좋은 포근하고 조용한 공간 ^(그리고 이 모든 것의 아름다운 조화) 속에서 나는 문학과 예술을 사랑하는 나의 고질적인 죄책감을 떨쳐버릴 수 있었다. 그리고 그 사랑이야말로 내게 주어진 선물이라고 생각하게 되었다.

북스오브원더
BOOKS OF WONDER

뉴욕
NEW YORK

BOOKS
of
WONDER

허드슨 스트리트의 빛깔

BOOKS
of
WONDER

뉴욕의 북스오브원더 근처에 한동안 머문 적이 있다. 매일 정시에 세인트 루크 인 더 필즈 교회탑의 종이 울렸고, 초록색 구조물에 달린 빨강·초록 신호등이 도로 위에서 깜박였다. 그리고 햇살이 투명하게 거리에 내려앉았다. 그 모든 것이 나를 경이로움으로 이끄는 이정표인 것 같았다. 하지만 이 정표를 따라가기 전에 나는 이곳에 오기 전의 나, 익숙한 나 자신을 우선 떠나야 했다. 나는 잠시 걸음을 멈추고 주위를 둘러보았다. 아, 이 얼마나 아름다운 곳인가! 1992년 여름날 아침의 그리니치빌리지 허드슨 스트리트. 호리호리한 나무들이 옆걸음 치듯 늘어서 있고, 나무들 옆으로는 반짝이는 검은색 현관과 난간 달린 높은 계단이 있는 빨간 벽돌집들이 있다. 검정색 마차가 언제라도 도착해 저녁 무도회로, 카드놀이로 사람들을 데려갈 것 같은 동네였다. 헨리 제임스^{Henry James}도 이곳에서 멀지 않은 곳에 살았다. 뉴욕의 거대한 노란색 기중기가 손을 들어 내게 인사했다. 나는 한낮에도 신비롭게 불을 밝힌 기다란 은빛 가로등의 불빛을 받으며 허드슨 스트리트를 건넜다.

북스오브원더서점의 빨간 문에는 순금색 손잡이가 달려 있었다. 서점 바닥은 갑판 같았다. 책들이 사방을 알록달록 물들였다. 발치에도, 머리 위에도, 한복판의 키 큰 흰색 책장 주변에도 책이 내뿜는 기운이 가득했다. 긴 창문 너머로 허드슨 스트리트가 숲처럼 반짝였고, 창문 앞에서는 서점직원이 분주하게 서류를 정리하고 있었다. 그는 이곳에서 유일한 이방인이다. 그를 빼면 내가 다 아는 이들이었다. 《보물섬》의 소년 짐 호킨스, 겁쟁이 사자, 앨리스와 도로시, 피터 팬, 톰 소여, 엉클 리머스Uncle Remus(미국의 작가J. C. 해리스Joel Chandler Harris가 편찬한 우화집의 등장인물로 아이들에게 이야기를 들려주는 나이 든 흑인 아저씨-옮긴이), 벨벳 토끼. 《버드나무에 부는 바람The Wind in the Willows》의 펼쳐진 책장 너머로 밖을 내다보고 있는, 강둑에 앉은 래트와 몰, 오소리 배저 아저씨까지 모두 내게 친숙했다. 기둥 위 높은 곳에 삐뚜름하게 걸린 모자장수의 띠 두른 멋진 벨벳 모자까지도.

북스오브원더는 살아가다가 어떤 질문에 봉착했을 때 찾아가면 좋을 서점이다. 무엇이 현실이지? 혹은 이제 어디로 가야하지? 이런 질문. 나 역시 이 두 가지 질문을 품었었다. 그때야말로 무지개 너머 그곳으로, 거울 속으로 여행해야 할 순간이 아닐까? 책 선반에는 각기 다른 문화와 시대를 살았던 작가들이 고민과 삶을 통해 제시한 해답이 가득했다. 그들은 상상을 통해 마음과 영혼의 장소를 탐색했다. 곰돌이 푸의 100만 에이커 숲과 나니아, 오즈, 미시시피 강, 마법에 걸린 독일 숲을 여행했다. 스코틀랜드 작가들은 자신의 반쪽인 어둠과 씨름하면서 어린 시절의 빛을 찾아 동심으로 돌아가기도 했다. 로버트 루이스 스티븐슨, 《피터 팬》을 지은 제임스 배리James Barrie, 《버드나무에 부는 바람》의 케네스 그레이엄Kenneth Grahame, 《공주와 고블린The Princess and the Goblin》을 쓴 조지 맥도널드George MacDonald 같은 스코틀랜드 작가들도 모두 그곳에 있었다.

세인트 루크 교회의 종소리를 들으며 북스오브원더서점으로 향하던 길에 나는 크리스토퍼 스트리트의 맥널티카페에 들렀다. 카페 밖 높은 테이블에 앉아 1950년대와 1960년대에 그곳에 살았던 프랭크 오하라의 《런치 포엠Lunch Poems》을 읽었다. 그는 "허락하는 한 다양한 모습으로 태어나고 사는 것은 축복이다"라고 썼다. '맞아.' 나는 생각했다. 햇살이 뜨거운 그곳에서 누군가 테이블 위 유리잔에 오렌지 꽃을 꽂고 있었고, 내 옆에는 조그만 창유리에 흰 페인트로 테두리를 칠한 유리창이 있었다.

그렇게 카페를 거쳐 북스오브원더에 도착했다. 서점 내부는 분명 네모 반듯했겠지? 하지만 공간이 활짝 열리면서 회전목마처럼 돌아가는 느낌이었다. 이카보드 크레인Ichabod Crane(워싱턴 어빙Washington Irving이 쓴 《슬리피 할로의 전설 The Legend of Sleepy Hollow》의 등장인물-옮긴이)이 보였다. 빨강머리 앤과 커디Curdie(조지 맥도널드가 쓴 《공주와 커디 소년The Princess and Curdie》의 등장인물-옮긴이), 캐스피언 왕자도 스쳐 갔다. 인어공주와 부싯돌 상자도 보였고, 외다리 존 실버가 올리버 트위스트, 귀뚜라미 지미니Jiminy와 함께 지나갔다. 내 등 뒤로 끝없이 펼쳐진 벽의 띠 장식에서는 모리스 센닥의 괴물이 틴맨과 드래곤과 함께 춤을 춘다. 구부러진 흰 나무 층계 옆에 책 읽기에 편안한 구석 자리가 있었다. 아이 하나가 책에 둘러싸인 채 외따로 앉았다. 펼친 책과 닫힌 책, 그리고 펼쳐지기를 기다리는 책들이 쌓여 있다. 꿈과 모험에는 국경이 없다. 마크 트웨인은 유럽에도 살아 있다. C. S. 루이스의 나니아는 미국에도 있고, 루이스 캐럴의 이상한 나라는 남아메리카에도 있다. 미국 작가 닥터 수스의 《모자 쓴 고양이The Cat in the Hat》를 너무나 사랑한다고 말하는 멕시코 소년을 만난다면 얼마나 좋을까.

북스오브원더를 찾은 그날, 나는 미국 책을 읽고 싶었다. 내가 한 번도 듣지도 보지도 못했던 책, 신세계의 책을 보고 싶었다. 나는 서점직원에게 한 권 추천해달라고 부탁했다. 그는 고개를 끄덕이고는 세 걸음을 걸어가서는 손가락 끝으로 책장에 늘어선 책등을 훑었다. 그러고는 폭이 넓고 두께가 얇은, 검붉은 표지의 아름다운 양장본 책을 내게 건넸다. 크리스 반 알스버그Chris Van Allsburg의 《해리스 버딕의 미스터리The Mysteries of Harris Burdick》였다.

"이런 책을 찾으시는 것 같네요." 그가 말했다.

15.98달러에 산 그 책에는 미스터리 같은 그림이 들어 있다. 저자 반 알스버그가 우연히 손에 넣었다고 말하는 그 그림들은 누가 그렸는지도 알 수 없고, 보는 이를 어리둥절하게 하는 수수께끼 같은 그림이었다. 회색과 크림색이 흰색으로 조금씩 옅어지는, 희미한 명암대비 구도가 그림마다 반복되었다. 페이지마다 이미지들이 어둠 속으로 사라지는 듯하다가 차츰 어떤 형상이 되어 나타났다. 배가 되기도 하고 두 아이들이 되기도 하고 시냇가 옆 소년이나 빈 방에 놓인 침대가 되기도 했다. 그림 맞은편 페이지에는 저자가 쓴 짧은 글이 있었다. 마치 그림이 직접 말하는 듯한 글이었다.

기이한 느낌의 그림이었다. 농담 같기도 하고 꿈속의 한 장면 같기도 했다. 꿈이지만 현실보다 더 이해하기 쉬운, 현실을 설명해주는 듯한 꿈이

랄까. 한 그림에서는 지평선을 배경으로 소년이 서 있고, 계곡에서 하프가 나타난다. 맞은편 페이지에는 이런 구절이 적혀 있다.

"'사실이네,' 소년이 생각했다. '진짜 사실이야.'"

표지 그림에서는 네 명의 소년이 보기대차(차체에 수평 방향으로 회전 가능한 장치를 가진 대차의 총칭―옮긴이)를 타고 여행을 떠나고 있다. 단선 철로가 텅 빈 평원의 모래둑 위를 달려간다. 그들은 돛을 활짝 폈다. 멀리 보이는 성 혹은 궁전 꼭대기의 작은 탑들이 반짝인다. 소년 하나가 엉거주춤 일어서서 탑을 바라본다.

'해답이 있다면, 거기서 찾을 수 있을 거야.'

이 책을 펼친 사람이라면 누구든 아무 감흥 없이 책을 덮을 수 없을 것이다. 왜냐하면 꿈을 드러내는 책이기 때문이다. 무엇보다 이 책을 펼친 독자라면 이야기를 만들어내고 싶어진다. 가야 할 장소를 찾고, 여행을 시작한다. 그리고 목적지에 도착한다. 그러면서 스스로의 이야기에 경이로워한다.

이야기가 끝날 무렵이면 무척 먼 곳까지 와버린 자신을 발견하며 사람들은 묻는다. '이게 어디에서 시작되었지?'

북스오브원더서점은 1980년에 문을 열었고 허드슨 스트리트 444번지에서 유아기를 보내다가 2년 뒤에 464번지로 옮겨갔다. 1986년 무렵에는 초록색 문의 자매 서점이 7번 애비뉴와 18번 스트리트가 만나는 모퉁이에 문을 열었다. 그리고 허드슨 스트리트의 빨간 문 서점은 내가 찾아갔던 그 이듬해인 1993년에 문을 닫았다. 그곳에 살던 이야기 속 인물들은 북쪽으로 한두 거리 떨어진 자매 서점으로 친구들을 만나러 신이 나서 달려갔다. 아직 나는 그곳을 보지 못했지만 새로운 북스오브원더서점이 길고도 넓은 천국 같은 곳이 되었다는 소문을 들었다. 2010년에 북스오브원더서점의 주인들은 "당신의 사랑스러운 아이들을 위한 최고의 책을 찾아 드린다"라고 약속했다. 물론 당신 안의 아이를 포함해서 말이다.

그들은 프랭크 바움의 오즈의 마법사 이야기의 초판(과 재판)도 팔고, 다른 희귀한 옛날 책도 판다. 사라진 책을 다시 소장하고픈, 혹은 어릴 적 선물 받았던 그 판형 그대로, 그 시절의 종이에 인쇄된 모습 그대로 다시 읽고 싶은 사람들을 위한 희귀본이다.

북스오브원더의 입구를 찍은 사진을 보니 철제 걸쇠에 서점 간판이 매달려 있다.

북스오브원더
어린아이와 나이 먹은 아이를 위한 책

간판은 초록색 비단으로 만들어진 듯 보였다. 물론 철이나 나무로 만들어졌겠지만 말이다. 어쨌든 그것은 중세 기사들의 문장紋章 같았다. 트럼펫에 매달린 깃발처럼 펼쳐지면서 머나먼 다른 세상을 열어젖히는 듯했다.

11

터얼서점
The Turl Bookshop

옥스퍼드
Oxford

The Turl
Bookshop

그게 사라졌다면 어떻게 그럴 수 있지?

The Turl Bookshop

하이, 매그덜린 브리지, 카펙스, 아이시스, 베일리얼, 트리니티. 옥스퍼드를 소개하는 옛 가이드북에서 몇몇 이름들은 인쇄된 게 아니라 젊음을 두른 금색과 파란색 문양으로 새겨진 것처럼 보인다. 그리고 대학 거리가 펼쳐진다. 홀리웰 스트리트, 세인트 자일스 스트리트. 대학 거리 너머에는 평범한 마을이 있고, 버스들이 종착지에 따라 이름 붙여진 소박한 도로를 달린다. 코울리 로드, 이플리 로드, 보틀리 로드.

브로드 스트리트와 하이 스트리트는 옛날에 크기와 모양으로 길을 찾던 여행객들을 안내하기 위한 이름이다. 이 두 거리 사이로 터얼 스트리트 Turl Street가 지나간다. 터얼 스트리트는 '대문' 또는 '좁고 곧은 길'을 뜻하는 앵글로색슨어 '터얼tirl'에서 비롯됐다. 한때 터얼 스트리트는 옛 성벽의 방어망을 통과해서 벨리올대학과 트리니티대학으로 들어가는 길목이었다.

그러니까 한편으로는 방어를, 다른 한편으로는 입구를 뜻하는 길이었다. 두 가지 의미로 해석되는 통로, 알레고리였던 셈이다. 1363년까지 처음에는 세인트 밀드레드 스트리트에, 나중에는 실버 스트리트에 금은 세공 공방이 있었다.

터얼 스트리트 3번지의 터얼캐시서점Turl Cash Bookshop은 고서와 지도, 인쇄물 그리고 무엇보다 현대 고전소설을 많이 소장하기로 유명했다. 내가 이 서점을 처음 찾은 것은 1970년대였다. 그때 나는 옥스퍼드에 석양이 질 무렵, 친구와 함께 총총대며 이 서점에 들어섰다.

그리고 10년이 지난 뒤 다시 서점을 찾았다. 이번에는 아침이었다. 아침 햇살 속에서 서점은 여전히 자리를 지키고 있었다. 내 기억 속의 모습보다 컸다. 3층 건물이었고 가파른 지붕 밑에 다락도 있었다. 각각 열두 개의 창유리가 달린 기다란 창문이 다섯 개가 있었고, 그 밑에 서점이 있었다. 서점 창문에 서점 이름이 적힌 띠가 둘러져 있다.

터얼캐시서점 – 책과 인쇄물

넓찍하고 키 큰 진열창 두 개가 인도에 면해 있다. 왼편 진열창에는 지구의 하나와 지도, 해도 들이 있었다. 접힌 것도 있고, 돛처럼 활짝 펼쳐진 것도 있었다. 오른편 진열창에는 가죽장정에 금빛 제목이 새겨지고, 책갈피 줄을 단 책들이 책장에 빼곡히 놓여 있었다. 진열창 바로 옆에 유리장수가 유리창을 완성한 후 뒤늦게 생각나서 만든 듯한 좁은 문 하나가 있었다. 계단 하나를 올라서서 문을 여니 크고 아름다운 벨 소리가 울렸다. 한때는 서점 앞 인도가 너무 좁은 데다 차들이 지나치게 가까이 지나다니는 바람에 진열창을 들여다보기가 힘들었다. 그러나 1985년 차량통행이 통제되면서 이 오래된 포석길은 천천히 걷기 좋은 곳이 되었다. 터얼캐시서점도 아름다운 진열창으로 이에 응답했다. 길 건너편에서 보면 서점의 진열창이 꼭 라이트박스(사각 모양의 조명기구로 불투명한 유리 위에 필름을 놓고 관찰할 때 쓰임-옮긴이) 같았다.

처음 터얼캐시서점에 들렀을 때는 낯선 사람들과 동행해서인지 책이 뒤로 물러서는 듯했다. 하지만 이제 혼자 하는 여행의 낙인 '발견'이 나를 기다리고 있었다. 서점주인은 기질로나 취향으로나 고서 애호가였지만 1930~1960년대 최고의 페이퍼백 소설인 오렌지색과 초록색 펭귄책들도 갖추고 있었다. 나는 맥스 비어봄Max Beerbohm의 《줄레이카 돕슨Zuleika Dobson》과 필립 라킨Philip Larkin의 소설 《겨울 소녀A Girl In Winter》, 에벌린 워Evelyn Waugh의 《브라이즈헤드 재방문Brideshead Revisited》, 찰스 퍼시 스노Charles Percy Snow의 《이방인과 형제Strangers and Brothers》를 샀다.

1층 벽에는 반짝이는 어두운 색 나무 책장이 있었고, 가운데에는 작은 탁자가, 뒤쪽에는 계산대가 있었다. 어디선가 햇살이 스며들어 두꺼운 난간이 달린 땅딸막한 층계에 내려앉았다. 오른쪽으로 돌아가는 그 층계를 따라 올라가면 위층이 나왔다. 빛은 그곳에서 반짝이고 있었다. 위층의 넓은 유리창을 통해 들어온 햇빛이 지도와 큰 흰색 해도에, 하늘색 바다와 모래 깔린 여울에 반사되었다. 창밖의 하늘과 해도 사이를 오가는 빛의 향연 속에서 영국의 모험가인 토머스 에드워드 로런스Thomas Edward Lawrence와 로버트 스코트Robert Scott 선장, 어니스트 셰클턴Ernest Shackleton이 환하게 빛났고 천체도의 푸른 별은 더더욱 짙고 푸르러 보였다.

1823년에 이곳에 처음 서점을 연 사람은 조지프 파커Joseph Parker였다. 당시에는 근처에 커피숍이 있어서, 서점에서 구입한 월터 스콧의 신작이나 키츠의 마지막 작품을 들고 가서 바로 읽을 수 있었다. 책과 진지한 독자를 환영하는 오랜 전통을 지닌 터얼서점은 항상 진지하면서도 다양한 책을 갖춘 곳이었다. 나는 이 서점에서 현대판으로 재출간된 존 플레처John Fletcher(16~17세기 영국의 극작가. 당대에는 셰익스피어 못지않은 명성을 누렸다-옮긴이)의 희곡도 보았다. 셰익스피어의 친구이자 프랜시스 보몬트Francis Beaumont(영국의 극작가. 존 플레처와 함께 쓴 희비극으로 큰 인기를 누림-옮긴이)와 공동창작을 했던 바로 그 존 플레처 말이다. 얇은 시집들이 꽂혀 있는 긴 선반도 있었다. W. B. 예이츠, W. H. 오든W. H. Auden(영국 태생의 20세기 시인으로《아킬레스의 방패The Shield of Achilles》등의 시집이 있다-옮긴이), 루이스 맥니스Louis MacNeice(아일랜드 벨파스트 출신의 20세기 시인이자 극작가로 주로 아일랜드의 상황과 문제에 관한 시를 씀-옮긴이), 셰이머스 히니Seamus Heaney. 모두 갖고 싶은 책이었다.

하지만 내가 마지막으로 터얼서점을 방문했을 때 나의 목표물은 초록색 펭귄책 한 권이었다. 오랫동안 찾아다녔지만 구하지 못했던 책. 그 책이 어딘가에 있다면 이곳에 있을 것이라고 생각했다. 그런데 책이 얼른 눈에 띄지 않았다. 나는 그 땅딸막한 층계에 앉아 주위를 둘러보았다. 층계의 참나무 난간을 따라 벽에 편안히 기대어 있는 책장들을 눈으로 더듬었다. 그리고 그 책이 눈에 들어왔다. 갑자기 나타났다,고는 할 수 없지만 바로 옆에 있던 깔끔한 초록과 흰색 표지에 검은색으로 적힌 제목과 저자가 눈에 들어왔다. 에드먼드 크리스핀Edmund Crispin의《움직이는 장난감 가게The Moving Toyshop》. 내가 찾던 책이었다.

《움직이는 장난감 가게》는 특이한 이야기를 펼치는 이상한 책이다. 주인공 캐도건은 해가 진 후 옥스퍼드의 이플리 로드에서 머물 곳을 찾다가 문이 잠겨 있지 않은 장난감 가게를 발견한다. 그는 가게 안에서 범죄의 흔적을 발견하지만 곧 쓰러지고 만다. 가게에서 조금 떨어진 곳에서 정신을 차린 캐도건이 경찰과 함께 가게로 달려왔을 때 장난감 가게는 그곳에 없었다. 대신에 식료품을 잔뜩 쌓아놓고 파는 식료품 가게가 성업 중이었고 건장한 가게주인이 여느 때처럼 손님을 상대하고 있었다. 캐도건은 훨씬 나중에, 그것도 이플리 로드와는 멀리 떨어진 옥스퍼드의 보틀리 로드에서 그 장난감 가게를 다시 발견한다.

캐도건은 옥스퍼드대학의 영문학 교수이자 아마추어 탐정인 저베이스 펜과 함께 제인 오스틴과 에드워드 기어의 생각을 바탕으로, 현실이 사라지는 황당무계한 일을 풀기 위해 고심한다. 결말에 이르면 우리는 이 모든 사건이 어떻게 일어났는지 알게 된다. 그리고 다시 의문에 빠질 수 있기를, 기적을 믿을 수 있기를 바라게 된다. 옥스퍼드의 어느 건물 안에서 이 책을 읽던 사람이라면 밖으로 나가서 미스터리가 펼쳐지고 수수께끼가 기다리는 그 거리를 직접 확인해보고 걸어볼 수 있다. 그리고 터얼서점 위층의 반짝이는 해도처럼 그 거리들을 그려볼 수 있을 것이다.

모든 것이 변할 수 있다는 주제는 옥스퍼드에 결코 낯선 게 아니다. 《움직이는 장난감 가게》에서는 모든 것이 변화하고 불확실하다. 이 책의 저자마저 두 개의 이름을 가졌다. 그는 로버트 브루스 몽고메리Robert Bruce Montgomery라는 이름의 작가이자 작곡가로 활동했으며, 에드먼드 크리스핀이라는 이름의 소설가로 활동했다. 소설가 에드먼드 크리스핀은 재치를 즐기고, 끝 모를 마음의 간극과 책의 미스터리를 소중히 여겼다. 그는 1945년에서 1953년까지 데번에서 혼자 지낼 때 최고의 작품들을 썼다. 그곳에서 그는 아침마다 자신의 소설 속 등장인물들에게 말을 걸며 신나게 대화를 했다고 한다. 그는 《움직이는 장난감 가게》에서 장난감 가게와 식료품 가게, 텅 빔과 죽음의 복잡한 관계를 풀어가는, 지적인 탐정 저베이스 펜의 마음에 살아 있다. 《움직이는 장난감 가게》라는 제목은 알렉산더 포프의 시 〈머리카락을 훔친 자The Rape of the Lock〉의 "그들 마음의 움직이는 장난감 가게"라는 구절에서 따온 것이다. 그는 이 구절을 가져다가 다른 곳, 낯선 곳을 꿈꾸는 우리의 열망을 표현했다. 그리고 지금보다 더 나은 것을 상상해야 하는 작가 자신의 욕구, 덧없는 삶에서 기이함과 미스터리를 꿈꾸는 자신의 소망을 표현했다.

　　작가들은 언제나 옥스퍼드를 미스터리에 이르는 열쇠로 보았다. 터얼turl은 원래 벽에 뚫린 대문을 뜻했다. 어쩌면 이처럼 신비로운 기운은 옥스퍼드 순교자(가톨릭교도인 메리 여왕 즉위 후 이단 혐의로 옥스퍼드에서 화형당한 영국의 종교개혁가 니콜라스 리들리, 토머스 크랜머, 휴 래티머를 일컬음-옮긴이)들에게서 비롯되었는지 모른다. 니콜라스 리들리Nicholas Ridely와 토머스 크랜머Thomas Cranmer는 무섭게 다가오는 고통과 죽음의 위협 앞에서도 빛을 믿었다. 옥스퍼드의 대학들은 항상 새로움을 약속한다. 젊음, 아이시스 강, 강 위를 떠가는 펀트(삿대를 저어 움직이는, 바닥이 평평하고 모가 진 작은 배-옮긴이), 햇살. 그리고 잠기지 않은 문과 교정에 넘치는 활력, 새로운 풍경으로 이어지는 대문들. 필립 풀먼Philip Pullman의 "신의 암흑물질His Dark Materials"(필립 풀먼의 판타지 소설 3부작으로 한국어판은 '황금 나침반' 3부작으로 소개됨-옮긴이)의 배경도 이곳이다. C. S. 루이스도 옥스퍼드에서 나니아를 상상했다. 풀먼의 소설《리라의 옥스퍼드Lyra's Oxford》에서 주인공 리라는 자유로워지는 법과 길을 찾는 법, 운하의 오솔길로 이르는 철문의 빗장을 여는 법을 배운다. 이곳은 옥스Ox 포드Ford(물살이 얕아서 건너다닐 수 있는 여울목을 뜻함-옮긴이), 이곳에서 저곳으로 건너가는 곳이다.

터얼캐시서점의 주인은 내 책을 반짝이는 흰 종이가방에 넣어줬다. 가방에는 중세풍의 검은색 판화로 서점과 그의 이름, 그의 간판이 찍혀 있었다. 고서와 지도, 인쇄물. 나는 그 종이가방으로《움직이는 장난감 가게》의 표지를 쌌다. 그것은 아직도 내 책을 싸고 있다. 해를 거듭해도, 앞으로도 여전히 그럴 것이다.

터얼 스트리트 3번지에는 이제 스크립툼Scriptum이라는 가게가 들어섰다. 1층에는 책의 친척인 고운 종이와 아름다운 유럽산 양피지, 손으로 매우 정교하게 만든 가죽 일기장들이 있다. 예전에도 있던 그 땅딸막한 계단을 오르면 원래 지도가 있던 환한 방은 이제 고서점으로 변했다. 그곳과 잘 어울린다. 한때 나는 이곳에서 프로스페로Prospero(셰익스피어의《템페스트》에 나오는 등장인물-옮긴이)의 마법서 같은 책을 찾을 수 있을 것만 같다고 생각했다.《점성술 비평The Alchemies Observed》이라든가《배를 달리게 하는 음악A Text of Music to Sail a Ship by》《별들의 시대의 지구A Possibility of Earth in a Time of Stars》 같은 꿈결 속의 책들 말이다. 이 멋진 장소에 혹시 그들이 남아 있을지 모른다고 상상했었다.

물론 그런 책들이 있을 리 없다. 그러나 그들의 예술 형제들이 이곳에 있었다. 베네치아에서 만들어진 오래된, 눈부시게 아름다운 가면들이 있었다. 터얼서점에서 르네상스의 목소리가 다시 들리는 듯하다.

12

토머스데이비스서점
THOMAS DAVIES'S BOOKSHOP

러셀 스트리트 8번지, 코벤트 가든, 런던 1763년
COVENT GARDEN

Thomas Davies's
Bookshop

배우와 그의 서점,
그리고 새뮤얼 존슨과 제임스 보즈웰

Thomas Davies's Bookshop

코벤트 가든과 드루어리 레인을 잇는 러셀 스트리트 8번지의 신축건물에 서점을 열 당시 토머스 데이비스는 쉰이었다. 그는 서점의 앞쪽에 판매대를 두었고, 뒤쪽에는 응접실을 두어 대화와 토론을 나눌 수 있게 했다.

1634년에 만들어진 러셀 스트리트는 이곳 지주였던 베드포드 백작인 러셀 가문의 이름을 딴 길이었다. 1720년 무렵 러셀 스트리트는 '널찍하고 멋진 길'이 되었고, 토머스 데이비스가 서점을 연 1762년 무렵에는 북적대는 상업거리였다. 8번지의 집은 1759년과 1760년 사이에 비슷한 모양의 다른 두 집과 나란히 지어졌다. 토머스 데이비스는 8번지의 부동산을 소유할 여력이 없었다. 그가 친구이자 배우인 데이비드 게릭David Garrick에게 말한 바에 따르면, 그는 1,100파운드에 집을 임대했다. 하지만 장기임대 계약이 계속 유지된 덕택에 그는 1785년에 숨을 거둘 때까지 그곳에서 살면서 책을 거래할 수 있었다. 주택은 지하실이 있는, 좁은 4층짜리 평범한 진자주색 벽돌집이었다. 안으로 들어서면 서점이 있고, 아름다운 난간이 달린 구부러진 층계를 따라 올라가면 토머스와 루시 데이비스 부부의 살림집이 나온다.

토머스 데이비스의 삶은 파란만장했다. 그는 1729년에 에든버러대학에 들어갔지만 1730년에 대학을 떠났다. 그렇다면 그는 스코틀랜드인이었을까? 하지만 그가 스코틀랜드인이었다면 나중에 그의 친구가 된 제임스 보즈웰James Boswell(에든버러 출신의 18세기 전기작가로 새뮤얼 존슨의 전기로 유명함-옮긴이)이 고향 친구를 만났다고 말했을 것이다. 젊은 시절의 그는 변덕스럽고 무모했다. 그는 반평생 동안 근사하고 품위 있는 배역을 맡는 유명 배우로 살다가 1762년부터 런던의 서적상으로 살았다. 그러나 서적상으로 보낸 시간이야말로 그가 일생에서 가장 극적인 역할을 연기한 때였다.

1730년 에든버러를 떠난 데이비스는 1736년 런던의 헤이마켓극장에서 극단과 함께 공연을 하고 있었다. 그는 당시 인기를 모았던 조지 릴로George Lillo의 연극 〈치명적 호기심Fatal Curiosity〉에서 젊은 윌못Wilmot을 연기했다. 〈치명적 호기심〉의 제작자인 헨리 필딩은 나중에 《톰 존스Tome Jones》라는 소설을 쓰기도 했던 인물이다. 위대한 피카레스크소설Picaresque novel(미천한 환경에서 태어난 주인공이 세상을 경험하며 겪는 여러 모험을 에피소드 형식으로 엮은 소설로, 악한소설이라고도 함-옮긴이)인 이 소설은 우연히도 토머스 데이비스가 20대까지 걸었던, 무모한 인생 경로와 잘 들어맞았다. 그의 연기는 헤이마켓 관객들에게 호평을 받았다. 하지만 그는 한두 해 동안 잠시 무대를 떠났다. 1740년대 초반에 이름을 알 수 없는 그의 친구가 전한 바에 따르면, 그가 "서적상을 시작했다"는 소문이 돌았다.

당시 그는 세인트 마틴 인 더 필즈 교회 맞은편 듀크스 코트에서 서적상을 시작했고, 그 후에 스트랜드 거리에서 조금 떨어진 라운드 코트에 문을 열었다. 당시는 서적 거래가 한 세기 이상 호황을 누리던 시기였다. 세인트 폴스 처치야드의 서적상들이 페터노스터 로우로, 서쪽으로는 드루어리 레인과 스트랜드 거리까지 진출해 훗날 체어링 크로스로드와 세실 코트의 서점 거리가 탄생할 토대를 마련했다.

1740년대 라운드 코트는 특수 지도와 지도책을 파는 서적상들로 가득했다. 토머스 데이비스도 그들 중 하나였을까? 오히려 그는 문학책을 전반적으로 다루었을 가능성이 더 크다. 당시는 알렉산더 포프가 1730년부터 10년간 매해 책을 발표했고, 흥미진진한 새로운 산문도 등장할 무렵이었다. 조너선 스위프트의 《걸리버 여행기》가 1726년에 발표됐고, 대니얼 디포의 소설도 잘 팔리고 있었다. 그리고 소설가 새뮤얼 리처드슨이 등장했고, 데이비드 흄의 수필처럼 새로운 장르가 선을 보였다. 새뮤얼 존슨이 젊은 시절에 필자로 명성을 얻기 시작한 〈더 젠틀맨스 매거진The Gentlemen's Magazine〉 같은 잡지도 이 무렵 등장했다. 1749년 늦여름부터 독자들 사이의 필독서는 《톰 존스》였다. 라운드 코트에 자리 잡은 서적상들의 판매대는 현기증이 날 정도로 바빴다.

하지만 그 무렵 토머스 데이비스는 홀연히 출판업을 떠나 흔적도 없이 사라졌다. 그는 1746년부터 1747년 사이의 어느 무렵 "불운을 만나는 바람에" 연극계로 되돌아갔고, 스코틀랜드로 갔다. 1749년에 그는 에든버러의 콘서트홀과 뉴콘서트홀에서 공연을 했다. 당시 그의 나이는 서른일곱이었다.

에든버러는 순회극단에게 인기 있는 지역이었다. 에든버러의 청중은 재치 있는 연극과 토머스 데이비스가 근사하게 연기하는 우아하고 무모한 인물들을 수용할 만큼 충분히 세련됐기 때문이다. 그는 극단과 함께 멀리 더블린까지 순회공연을 가서, 새뮤얼 푸트Samuel Foote의 지휘 아래 그린룸극장The Green Roon Theater에서 공연했다. 그는 나중에 러셀 스트리트에 서점을 열었을 때 새뮤얼 푸트를 그곳에서 다시 만났다. 사족을 하나 덧붙이자면 극단이 잉글랜드로 돌아와 요크의 뉴시어터에서 공연할 무렵 데이비스는 연극인 집안의 딸이자 절세미인인 루시 애로Lucy Yarrow를 만났다. 그가 에든버러의 무대에 다시 섰을 무렵 두 사람은 결혼한 상태였다.

1750년 1월 에든버러의 혹독한 겨울에 토머스 데이비스는 플레이하우스 클로스 근처, 캐넌게이트 옆 콘서트홀에서 〈리어 왕〉의 에드거를 연기했다. 콘서트홀은 새로운 청중을 수용하기에는 너무 낡았고, 수리가 절박한 극장이었다. 새 극장을 짓기 위한 토대작업이 이미 끝난 상태였는데, 거의 빚더미 위에 짓는 것이나 다름없었다. 그해 1월 공연의 목적은 건축업자들에게 공사대금을 지불하는 것이었다. 스코틀랜드의 신문 〈칼레도니언 머큐리Caledonian Mercury〉는 상황을 이렇게 전한다.

"뉴콘서트홀 설립에 기금을 보태려는 특별한 소망으로 1750년 1월 23일 캐넌게이트의 콘서트홀에서 음악 콘서트가 열린다. 콘서트의 1부가 끝난 후에는 셰익스피어의 〈리어 왕과 세 딸의 진정하고 오랜 역사The True and Ancient History of King Lear and His Three Daughters〉가 상연될 예정이다."

이틀 뒤 데이비스는 연극 〈아름다운 참회자The Fair Pentinent〉에 출연하더니 7주 동안 여섯 개의 배역을 갈아타며 정신없는 시간을 보냈다. 2월 13일

에는 〈수호된 베니스Venice Preserved〉에 출연했고, 2월 15일에는 〈햄릿〉의 유
령을, 2월 22일에는 〈노여운 남편The Provok'd Husband〉의 맨리를 연기했다. 3
월 1일에는 셰익스피어의 〈헨리 4세〉에 등장했고, 3월 29일에는 조지프 애
디슨Joseph Addison의 〈카토Cato〉에서 카토 역을, 4월 7일에는 〈햄릿〉의 오스릭
(분명 상당히 녹초가 되어 있었을)을 연기했다.

그다음 달에는 극단에 변화가 있었다. 명성이 높아진 데이비스가 주요
배역을 맡았다. 5월 5일에 그는 〈오셀로〉의 주인공 오셀로를 연기했다. 이
연극은 그를 위한 자선공연으로, 극단의 이 새로운 주연배우에게 호평을 안
겨주었다. 9월이 되자 데이비스는 뉴콘서트홀의 공동감독이 되었다. 〈칼레
도니언 머큐리The Caledonian Mercury〉에 따르면, 데이비스는 뉴콘서트홀의 경영
인들로부터 "모든 권리와 직함, 이윤과 더불어 의상과 무대, 그리고 무대에
딸린 모든 소품을 넘겨받았다".

뉴콘서트홀은 1750년 11월 5일에 웅장하게 문을 열었다. 이틀 뒤 토머
스 데이비스는 〈아름다운 참회자〉에서 여주인공 칼리스타를 맡은 아내 루
시 데이비스와 함께 호라티오를 연기했다. 〈아름다운 참회자〉는 루시 데이
비스의 첫 에든버러 공연이었다. 11월 28일에 데이비스는 햄릿을 연기했
다. 한 달 뒤 1750년 12월 3일 데이비스 부부는 오셀로와 데스데모나로 함
께 무대에 섰다. 부부는 이 공연을 시작으로 런던 드루어리레인극장에서도
함께 무대에 섰다.

에든버러 극단은 1751년에도 뉴콘서트홀에서 정기공연을 이어갔다.
하지만 1751년부터 런던의 드루어리레인극단에서 온 객원배우가 햄릿을
연기한 1752년 6월 11일까지 데이비스 부부의 활동에 대해서는 기록이 없

다. 이 무렵 토머스 데이비스는 뉴콘서트홀 감독을 그만둔 모양이다.《에든 버러 공연 연대기Annals of the Edinburgh Stage》는 "규모가 커진 오케스트라와 음 향효과를 낼 하프시코드(피아노가 생기기 전 16~18세기에 유행하던 건반악기-옮긴이)와 연 주자, 더블린과 런던에서 온 객원배우와 가수들" 때문에 예상치 못한 비용 이 발생한 탓이라고 지적한다.

그러나 1753년에 데이비스 부부는 성공적인 순회공연 배우로 런던에 재입성했다. 그들은 드루어리레인극장에서 시즌마다 함께 무대에 섰다. 그 러나 청중의 냉담한 반응과 급기야 찰스 처칠Charles Churchill의 〈로시아드The Rosciad〉(배우 데이비드 개릭을 제외한 영국의 거의 모든 유명 배우를 풍자한 시-옮긴이)에서 비아냥 거림을 당한 뒤 데이비스는 신경이 쇠약해졌다. 결국 그는 10년간의 무대 생활을 청산하고 다시 서적상으로 돌아왔다.

그렇게 해서 1762년 데이비스 부부는 코벤트 가든의 러셀 스트리트 8 번지에 서점을 열었다. 새로운 서점의 단정한 외관, 그리고 쾌활하고 사람 좋은 전직 배우 서적상과 미모의 부인에 대한 소문 덕택에 고객이 찾아오기 시작했다. 하지만 데이비스는 결코 연극을 버리지 않았다. 서점에서 그는 극단장이나 다름없었다.

서점은 텅 빈 무대였고 데이비스는 자신의 상상력과 영혼이 이끄는 대 로 그곳을 변신시킬 수 있었다. 그는 새로운 것이면 무엇이든 사들였다. 희 귀한 지도와 일기를 사들였고, 군사원정에 관한 역사책도 사들였다. 그런 역사책에는 복잡한 전선이 표시되어 있어서 언제든 거실 탁자에 펼쳐놓고 옛 전투를 재현할 수 있었다. 1762년 7월에는 도매상 조지 호킨스George Hawkins에게 마키아벨리의《논고Essay》세 부를 12실링에 샀다.

그는 의학전문 서적도 쌓아두었다. 예방접종에 대한 책도 있었고 수술의 역사에 대한 책, 토머스 톰프슨Thomas Thompson의 통풍에 대한 논문 등이 있었다. 데이비스 자신의 개인적인 관심사 때문에 사들인 책도 있었다. 불로장생의 묘약에 대한 책이나 회고록, 역사책, 서한집, 희곡, 토머스 퍼시Thomas Percy의 《고대 영시의 자취Reliques of Ancient English Poetry》가 그런 책들이었다. 그는 대영지의 역사를 다룬 책도 샀고, 장서를 팔 만한 가문들과도 접촉했다. 또 서점에 책을 사러 오는 성직자들에게 설교집 출판을 제안하기도 했다. 성직자들은 처음에 고객으로 찾아왔다가 서점 뒷방에서 그와 대화를 나누며 그의 친구가 되곤 했다. 불후의 영국 소설가들이 배출되던 이 시기에 그는 로런스 스턴Laurence Sterne, 새뮤얼 리처드슨, 토비어스 스몰렛 그리고 에든버러 시절의 친구였던 헨리 필딩의 소설도 팔았다.

그들 부부의 이름을 익히 알던 연극 애호가와 (대단히 운 좋게도) 당대 최고의 인기 배우 데이비드 개릭David Garrick이 그의 서점을 찾았다. 당시 거의 신적인 존재였던 데이비드 개릭이 서점을 찾았다는 것만으로도 사람들의 발길을 끌기에 충분했다.

데이비스서점의 창문들은 우묵하게 안으로 들어와 있는 데다 창틀에 바닥도 깔려 있어서 책을 전시하기에 좋았다. 아직 다채로운 책표지가 등장하지 않았을 무렵이어서 데이비스는 책의 흥미로운 페이지 또는 삽화나 지도, 초상화, 만화가 실린 면을 펼쳐놓았다. 때로는 도금된 책장과 책표지에 부착된 피지 장정, 깔끔하게 재단된 페이지가 보이게 맨 끝 장을 펴놓기도 했다. 페이지가 재단되지 않은 책들은 세련된 제본과 장정에 쓰인 가죽(송아지가죽과 모로코가죽), 그리고 선명하게 도금된 제목이 잘 보이도록 진열했다.

서점을 연 지 1년 만에 그의 서점은 작가 올리버 골드스미스와 시인 앰브로즈 필립스Ambrose Philips, 극작가 리처드 셰리든Richard Sheridan, ("배우 데이비스 씨께"라고 존경을 담뿍 담아서 그에게 편지를 썼던) 제임스 보즈웰, 새뮤얼 존슨이 일상적으로 드나드는 곳이 되었다. 새뮤얼 존슨은 배우였던 데이비스가 자기를 똑같이 흉내 낸다는 이야기를 들어도 그 일에 대해 더이상 추궁하지 않았다. 두 사람 사이에는 특별한 공감대가 있었다. 존슨은 리치필드에서 서적상을 하던 아버지 마이클 존슨 밑에서 자랐기 때문에 고객의 지불 불이행과 주문 파기, 투자 손실 등 변덕스러운 출판업의 상황을 잘 알고 있었다. 게다가 둘은 비슷한 또래였다. 두 사람이 만났을 때 존슨은 53세, 데이비스는 50세였다.

제임스 보즈웰은 새뮤얼 존슨만큼 서점에 자주 오지는 않았다. 그는 런던을 사랑했지만 고등판사인 아버지 아우킨렉 경의 강권으로 법학을 공부하느라 에든버러에 매인 몸이었다. 방학이 돼야 에든버러를 벗어날 수 있었다. 1763년 초여름에 보즈웰은 새뮤얼 존슨을 만나길 고대하며, 아니, 간절히 바라며 마차를 타고 서둘러 런던에 왔다. 존슨 같은 사람의 이야기를 직접 듣는다면 세상을 새롭게 바라볼 시각을 발견하게 될 것 같았다. 당시 그는 스물셋에 불과했지만, 벌써 23년이나 삶을 허비했다고 조바심을 내고 있었다. 그는 새뮤얼 존슨의 천재성을 감지했고, 존슨을 만나기를, 그를 알게 되기를, 그가 사색하는 모습을 지켜볼 수 있기를 미친 듯이 갈망했다. 토머스 데이비스가 두 사람을 만나게 해준다고 이미 약속한 터였다.

1763년 5월 16일 저녁 7시 무렵, 보즈웰이 데이비스 부부와 함께 서점 뒷방에서 차를 마시고 있을 때 서점에서 부스럭대는 소리가 들렸다. 데이비스가 일어나더니 가게로 연결되는 유리문을 가리키면서 말했다. "보십시오, 왕자님, 그게 왔습니다."

　연극 〈햄릿〉에 나오는 구절이었다. 보즈웰은 벌떡 일어섰다. 평소보다 늦은 존슨이 황급히 들어오면서 보즈웰에게 시선을 던졌다. 데이비스가 스코틀랜드에서 온 청년이라며 보즈웰을 소개했다. 그러자 존슨이 싱글거리며 스코틀랜드인에게 으레 던지던 농담을 젊은 보즈웰에게 던졌다. 보즈웰은 존슨의 "일격에 어리둥절했지만" 지지 않고 응수했다.

　두 사람은 서로에게서 무엇을 보았을까? 조금 과하다 싶을 만큼 옷을 빼입은, 통통한 얼굴의 신중한 보즈웰과 그보다 서른 살이 더 많은 존슨. 당시 유명 인사였던 존슨은 성격이 호방했고, 상대의 위선을 즉각 꿰뚫어 보곤 했지만 새로운 지성을 지원하는 데는 열성적이었다. 그들은 함께 세 시간 동안 이야기를 나눴다.

　이날 밤 시작된 우정은 1784년 존슨이 죽는 날까지 지속되었다. 보즈웰은 1790년에 위대하고 진솔한 전기인 《새뮤얼 존슨의 생애The Life of Samuel Johnson》의 집필과 인쇄를 마쳤지만, 1791년 5월 16일까지 출간을 미뤘다. 새뮤얼 존슨과 처음 만난 지 28주년이 되는 날에 맞춰 출판하고 싶었기 때문이다. 보즈웰과 존슨이 함께 지낸 시간은 고작 270일이지만 《새뮤얼 존슨의 생애》는 한 사람이 다른 사람의 정신과 자아를 만나 진정하고 엄정하게 교류할 수 있음을 보여주는 훌륭한 사례다. 그렇게 서로 다른 두 지성이 만나, 그토록 깊이 교류한 순수한 기록은 어디에도 없을 것이다. 그 기록 속에서 두 사람은 살아 있을 때처럼 생생하게 남아 있다. 데이비스의 서점에서 대화를 나눈 지 며칠 후에 보즈웰이 존슨의 집을 방문했고, 두 사람 사이의 위대한 대화가 시작되었다. 물론 두 사람 중 그 누구도 그들의 만남이 어떤 결실을 맺을지 결코 예측하지 못했지만 말이다.

　그러는 동안 데이비스는 책을 팔아야 했다. 코벤트 가든에 늘어선 서적상 사이의 경쟁은 치열했다. 근처 킹 스트리트에서는 서적상 프랜시스 노블Francis Noble이 순회대출도서관을 열어 "어떤 책 꾸러미"를 들고 오든 "당장 쓸 수 있는 현금"으로 교환해주고 있었다. 더 널찍한 서점들이 생겨났고 책만이 아니라 미술품도 팔았다. 스트랜드 거리 옆 애룬델 스트리트 모퉁이의 알렉산더 도널드슨Alexander Donaldson서점, 페터노스터 로우의 조너선 켄들 앤드 알렉산더 호그Jonathan Kendal and Alexander Hogg서점이 그런 경우였다. 러셀 스트리트 8번지에 자리 잡은 데이비스도 더욱 다양한 활동을 벌이거나, 당대의 표현대로 저술과 출판의 "역량을 모아야" 할 때가 되었다.

　그 후 15년간 데이비스는 수많은 주제의 소책자를 집필하고 출판, 판매했다. 1772년에는 17세기 시인인 토머스 브라운의 시를 세 권으로 편집해 출판했고, 1773년에는 16세기에 활동했던 영국 시인 존 데이비스John Davies의 시집을 편찬했다. 같은 해에 그는 《램블러 필자의 소고와 단상들Miscellaneous and Fugitive Pieces by the Author of The Rambler》을 내놓았다. 물론 램블러Rambler(존슨이 1750~1752년까지 발행했던 간행물-옮긴이)의 필자는 새뮤얼 존슨을 뜻한다.

　1755년에는 영국 왕립미술원이 토머스 데이비스를 공식 서적상으로 지명했다. 미술원의 초대의장인 조슈아 레이놀즈Joshua Reynolds는 자신의 취임연설을 데이비드 개릭에게 헌정했고, 이 역사적인 연설은 "토머스 데이비스를 위해 인쇄되었다". 데이비스는 인쇄업자에게 이 연설집 제작을 주문할 때 4절판 크기에 파란색 모로코가죽 반장정으로 만들고, 장정 안에는 마블지 면지를 대며, 페이지는 절단하지 말라고 했다. 같은 해에 데이비스는 《조지 릴로 작품과 그의 생애The Works of Geroge Lillo with An Account of His Life》를 쓰고 출간했다. 그가 헤이마켓극장에서 릴로의 극을 공연하던 1736년 스물네 살 시절을 아름답게 추억하는 책, 곧 그의 또다른 삶을 토대로 쓴 책이었다.

1777년 데이비스는 다시 한 번 중대한 문학적 공헌을 했다. 그해 초반에 그는 에든버러에서 새로운 시집 컬렉션이 준비 중이며, 런던에서 팔릴 예정이라는 소문을 들었다. 하지만 그가 보기에 그 시선집은 "크기나 서체가 작고, 조잡한 출판물"인 듯했다. 그는 자신의 직감을 따르기로 했다. 두 사람의 서적상이 그와 뜻을 같이했다. 재정이 충분치 않았던 그들은 새뮤얼 존슨에게 이 새로운 위대한 작업을 맡아달라고 "거래를 제안했다". 그들이 새뮤얼 존슨에게 주문한 것은 영국 시인들의 시를 새롭게 편집한 책에 각 시인의 생애를 설명하고 비평서문을 덧붙이는 일이었다. 존슨은 동의했다.

존슨은 메모도 없이 글을 썼다. 조사도 필요치 않았다. 이미 머릿속에 들어 있던 지식과 평생 읽고 외우고 고민했던 시들을 밑천으로 3년간 글을 썼다. 무엇보다 사람과 글에 대한 자신의 이해를 바탕으로 삼았다. 집필은 1781년에 끝났다. 그의 비평적 혜안으로 훌륭하게 쓰인 원고는 결국 영국 시인들에 대한 중대한 평론집으로, 따로 출판되었다.《영국 시인전》은 출간 즉시 시 평론의 최고봉이자 미래를 위한 소중한 자료가 되었다.

데이비스는 서점을 경영하는 동시에 저자로서의 명성을 유지하기 위해서도 애썼다. 1777년 그는 시사적인 문제를 다룬 작품으로 조지 3세와 캐롤라인 왕비, 로버트 월폴 경Sir Robert Walpole, 정치적 라이벌 관계였던 찰스 폭스Charles Fox와 윌리엄 피트William Pitt를 문학적으로 묘사한 글을 연작으로 썼다. 그가 최초이자 유일하게 쓴 정치적 글이었다. 하지만 경쟁이 심한 출판업에서 그의 입지는 갈수록 약화되었다. 1778년 그는 "안타깝게도 사정이 좋지 못해서" 몇몇 친구들의 도움으로 간신히 파산을 벗어났다. 그의 상황을 듣고 며칠 만에 존슨과 보즈웰, 개릭이 리처드 셰리든을 설득해서 데이비스를 위한 자선공연을 드루어리레인극장에서 열었다. 이때 모금된 기금으로 데이비스는 파산에서 회생할 수 있었고, 어느 정도 자신감도 되찾았다. 1779년 데이비드 개릭이 세상을 떠나자 데이비스는 그의 일생일대의 작품으로 남을, 두 권짜리 《데이비드 개릭의 삶Life of David Garrick》을 썼다. 이 책은 1780년에 출간되었고, 그의 서점만이 아니라 이웃 서점과 경쟁 서점에서도 호평을 받으며 불티나게 팔려나갔다.

1784년 12월 새뮤얼 존슨은 세상을 떠나 웨스트민스터사원의 데이비드 개릭 근처에 묻혔다. 새뮤얼 존슨과 데이비드 개릭, 두 사람은 아직 젊은 시절이던 1737년에 리치필드에서 런던으로 함께왔다. 당시 개릭은 존슨의 제자였다.

이 두 사람이 문턱이 닳도록 드나들었던 서점의 뒷방에서 토머스 데이비스는 다시 연극으로 마음을 돌리고 《셰익스피어 극 비평 소고Dramatic Miscellanies of Shakespeare》를 집필하기 시작했다. 그의 심장은 여전히 연극에 있었다. 그는 이 책의 2판이 나오는 걸 행복하게 지켜보았고, 며칠 뒤인 1785년 5월 5일 세상을 떠났다.

새뮤얼 존슨 서거 200주년 기념일에 잉글리시 헤리티지English Heritage(영국 유물과 유적 관리위원회-옮긴이)는 코벤트 가든에 있는 토머스 데이비스의 집과 서점에 파란 명패를 달았다.

서적상 토머스 데이비스가 소유한 이 집에서

1763년에 처음으로

새뮤얼 존슨 박사가 제임스 보즈웰을 만나다.

명패에 적힌 구절만으로는 못 다한 이야기가 너무 많다.

13

왓킨스서점
WATKINS BOOKSHOP

세실 코트, 런던
CECIL COURT

WATKINS
BOOKS

세실 코트를 걸으며

WATKINS BOOKS

이른 아침이었다. 택시 기사는 내게 "거기에 가봐야 이 시간에는 할 게 아무 것도 없다"고 경고했지만, 어쨌든 나는 오전 10시에 세실 코트의 마치페인 Marchpane 서점 밖 적막한 거리에 서 있었다. 세실 코트는 차와 사람이 정신없이 북적대는 체어링 크로스로드와 세인트 마틴 레인 사이에 위치해 있지만, 거리에는 비둘기 한두 마리밖에 보이지 않았다. 분명 이곳을 찾기에 최고의 시간이었다.

세실 코트 16번지의 마치페인은 어린이책을 판다. 진열창에 담쟁이가 늘어져 있어서 서점은 꼭 벽 뒤편에 수풀이 우거진 비밀 정원 같았다. 진열창에는 묵직한, 갈색 가죽 양장판 해리 포터《불사조 기사단》가《이상한 나라의 앨리스》19세기판들 가운데 우뚝 서 있었다. 앨리스는 판본도 다양하고 삽화가도 각기 달랐지만 하나같이 긴 머리에 어여쁜, 어린 버지니아 울프를

닮았다. 민소매 원피스를 입은 앨리스가 위를 올려다보고 길고 하얀 팔을 휘저으면서 오랜 책장들 속의 체셔 고양이처럼 사라졌다. 앨리스 뒤에는 포스터 하나가 받침대도 없이 세워져 있었다. 19세기 삽화가 오브리 비어즐리Audrey Beardsley(아르누보의 주창자로 섬세하고 장식적인 화풍의 삽화를 그림-옮긴이)풍의 그 포스터는 어둑한 진열창에서 봐도 분명 독창적인 작품이었다. 포스터 속에서 19세기 말의 햄릿 같은 우아한 젊은이가 매우 늙은, 유식한 리어 왕 같은 마법사이자 서적상의 가판대에서 책을 사고 있었다.

유리문에는 'Closed' 팻말이 붙어 있다. 유리문 앞에 접이식 철문이 달려 있었는데, 서로 크기도 다르고 문양도 제각각인 두 철문이 맞물린 모습이 정신 나간 듯 보이기도 하고, 아름답게 보이기도 했다. 이곳이 아니라면 어디에서 이렇게 서로 다른 두 금속 세공인이 공들여 만든 철문 두 쪽이 나란히 달려 있는 모습을 볼 수 있을까? 숲이 우거진 유럽의 어느 머나먼 대장간에서 화가 나 씩씩대는 두 대장장이 앞에 현인이 나서서 이렇게 말했을 것이다.

두 사람의 문짝을 가져다 대문을 만들 것이니 각자의 문이자
두 사람 모두의 문이 될 것이오.

그렇게 해서 위기의 순간을 무사히 넘기고 여기 이 철문이 탄생했다. 그럴듯하지 않은가?

나는 세실 코트에 늘어선 가게의 진열창을 하나씩 지나치며 옛날 편지들을 구경했다. 편지를 곱게 접은 다음 옅은 갈색 잉크로 주소를 쓴 종이봉

투에 넣어, 반짝이는 주홍색 밀랍으로 봉하고 우표 아닌 소인을 찍은 편지들. 잉크병과 잉크 말리는 모래도 있었다. 불 꺼진 어느 진열창에는 초록색, 진한 호박색, 푸른빛의 수레국화색, 청록색, 자주색 유리병이 가득했다. 그중 하나는 약제상의 독약병을 연상케 하는 코발트 청색이었다. 나는 그 병 표면에 혹시 누빔무늬나 오톨도톨한 혹들이 있는지 유심히 살폈다. 실수로 독약을 들이키는 불상사를 막기 위해서 그런 보호장치를 하도록 법으로 정했다는 이야기를 들은 적이 있기 때문이다. 그러나 진열창에 있는 것들은 그저 탁한 빛의 단단하고 평범한 유리병들이었다. 바로크양식의 육중한 마개가 달려 있었고, 대리석 마개가 달린 병도 있었다. 유리병 양 옆에 옛날 사람들이 맥주를 마실 때 썼던 평범하고 말쑥한 사기병들도 놓여 있었다.

다른 진열창에는 작은 모형극장과 인형이 진열돼 있었다. 에든버러에서도 모형극장을 더러 본 적이 있었지만, 이곳의 모형극장은 객실 희극(응접실을 배경으로 주로 상류사회 인물들이 등장하는 가벼운 극-옮긴이)을 재현했다. 이곳 진열창의 근사한 나쁜 남자들과 미모의 여인들은 에든버러 모형극장의 해적들보다 더욱 현대적이었다. 그러고 보니 세실 코트를 벗어나면 유명 배우 헨리 어빙Henry Irving과 데이비드 개릭의 이름을 딴 길이 있다. 그리고 모형극장 앞에는 작은 모형 관객들이 쪼르르 줄을 맞춰 앉아 있었다. 이 모형 관객들도 엎어지면 코가 닿을 만큼 가까운 곳에 윈드햄극장과 셰프츠베리 애비뉴 극장가가 있었다. 진열창 속 모형극장에 불이 켜진 모습을 보고 싶었다. 물론 잠시 뒤에 켜지겠지만 말이다. 조그만 모형극장은 마치 불이 꺼진 무대 같았다.

인도를 따라 늘어선 이런저런 가게의 천장에서 작은 불빛이 별빛처럼 깜박였다. 이른 아침의 종야등night light 같기도 하고 새벽녘에 빛나는 베들레

헴의 별 같기도 했다. 그런 불빛이 없다면 진열창 속의 경이로운 진열품들도 빛을 발하지 못했을 것이다. 가장 희귀하다는 저 흐릿한 초록색과 갈색의 우표들도 빛이 없다면 얼마나 창백할까. 암갈색 페니는 또 어떤가. 가로로 길쭉한 그림우표는 남아메리카에서 왔다. 고혹적인 왕비와 가수, 역사 속 여인들이 이제 금박을 입힌 실크 전시판에 가만히 꽂혀 있다. 페니 블랙 Penny Black(1840년 영국에서 처음 사용된 1페니짜리 우표-옮긴이)은 마치 이집트에서 온 듯한 모양새였다. 하지만 이 동전들이 아무리 풍요롭고 오래되었다고 해도 책 속의 금은보화처럼 보이지는 않았다. 믿기지 않을 만큼 눈부신 금화와는 거리가 멀었다. 진열창의 동전들은 어둡고 낡았고 대단한 탐욕이 묻어 있었다.

이 모든 가게의 보금자리인 세실 코트는 1600년대 말 들판에 만들어졌다. 처음 만들어진 세실 코트에는 치즈 장수들과 브랜디 가게, 햄 퍼브와 엘리너 피케이버 수육집, 켄드릭 구둣방이 있었다. 하지만 2세기가 흐르는 동안 이곳은 황량하고 황폐한 곳, 가난과 화재로 상처 입은 곳이 되었다. 옛 동네는 19세기 말에 철거되었고 이후 튼튼한 가게와 아파트가 재건축되었다.

새로 건축된 세실 코트에 가장 먼저 입주한 임차인은 서적상들이었다. 그들은 견고해 보이는 가게 전면과 독자들을 위한 상대적으로 조용한 분위기, 안전하고 든든한 창고가 마음에 들었다. 또한 거리 양 옆에 하루 종일 수많은 사람이 북적이는 대로가 있는 것도 좋았다. 1600년대 세인트 폴스 처치야드에 자리 잡은 서적상들이 근처에 거주하는 성직자를 주 고객으로 삼은 것처럼 세실 코트의 서적상들도 근처에 사는 공무원과 법조계 관료를 주 독자로 기대했다. 서적상들은 이들이 문학과 예술, 음악, 인큐내불라 incunabula(구텐베르크가 인쇄술을 발명한 15세기에 유럽에서 인쇄된 책을 말함-옮긴이), 특히 동전과 메달, 우표, 지도, 철도 모형에 관심이 있을 거라 생각했다.

　존 왓킨스John Watkins가 21번지에 그의 첫 서점을 연 것은 1901년이었다. 그 뒤를 이어 1904년에 16번지(지금의 마치페인 자리)에 포일 형제William and Gilbert Foyle가 왓킨스의 도움을 얻어 서점을 열었다. 곧 영화배급사와 영화업계지 출판사들이 세실 코트로 들어왔다. 세실 코트의 건물들은 석조 토대가 깊숙이 놓여 있어서 불에 타기 쉬운 필름을 보관하기에도 좋았다. 1912년 혹은 그 직후에 파이오니어영화사The Pioneer Film Company Ltd가 27번지에 문을 열고, "최신 코미디 제작사"라고 자신들을 홍보했다. 한동안 이 거리는 '플리커 앨리Flicker Alley'(세실 코트의 별칭으로 18세기 말과 19세기 초반 영국의 초기 영화사들이 모여 있던 데서 비롯되었다. '플리커'는 필름을 스크린에 영사할 때 생기는 깜박임 현상을 뜻한다–옮긴이)로 알려졌다. 체어링 크로스에 접한 마지막 가게에는 카메라클럽The Camera Club이 문을 열었고, 포토그래픽뉴스The Photographic News가 9번지에 자리를 잡았다. 해리 포터 이야기의 다이애건 앨리가 세실 코트를 모델로 했고, 해리 포터가 마술지팡이를 처음 산 가게는 왓킨스서점을 모델로 했다는 이야기도 있다. 그게 사실이라면 이 거리를 떠도는 영화의 유령들도 기뻐했을 것이다.

　세실 코트 7번지의 서적상들은 '유니콘The Unicorn'이라는 간판을 걸고 그래픽아트와 음악, 건축, 문학에 대한 책을 출판하고 판매했다. 1902년에는 유니콘출판사가 설립되었다. 1914년 무렵에 세실 코트를 장악한 이들은 주로 서적상이었다. 바로 그해에 세실 코트의 최고참 서점인 21번지의 왓킨스서점이 런던의 새로운 전문서점으로 거듭나겠노라고 홍보했다. 왓킨스서점은 "정신과 육체, 영혼을 다룬 모든 종류의 책"을 다루겠다고 했다.

　오전 11시, 내가 커피를 다 마신 무렵 왓킨스 신비주의 서점이 문을 열었다. 서점은 1901년 이래 주중에 매일 문을 열었다. 왓킨스서점이 책 판매를 시작하던 1901년 무렵에 내가 여기 있었다면, 시인 예이츠가 함께 서서 서점 문이 열리기를 기다리고 있었을지 모를 일이다. 그 당시 황금여명회 The Hermetic Order of the Golden Dawn(19세기 말 마법에 대한 관심이 부활하면서 생겨난 신비주의 단체로 타로와 점성술 등을 공부함-옮긴이) 회원이던 예이츠는 존 왓킨스와 함께 헬레나 페트로브나 블라바츠키 Helena Petrovna Blavatsky(러시아의 신비주의자로 신지학회를 설립했으며 이후 여러 뉴에이지 종교의 시초가 됨-옮긴이) 부인과 흥미로운 우정을 나누고 있었다. 1897년에 신비주의 서적을 찾아 런던을 뒤졌지만 찾지 못했던 블라바츠키 부인은 존 왓킨스에게 신비주의와 카발라 Kabbalah(신과 우주 창조에 관한 신비주의적인 유대사상 체계-옮긴이) 전통에 따라 형이상학과 영혼을 탐색하는 책을 판매할 방도를 찾아보라고, 그렇게 해서 런던에 신비주의와 오컬티즘을 널리 알릴 기회로 삼아보라고 제안했다. 왓킨스는 이 생각에 찬성하고 1897년 체어링 크로스로드에 '존 M. 왓킨스'라는 상호로 사업을 시작해서, 자신의 이름으로 카탈로그를 발행했다. 그리고 블라바츠키 부인이 사망하던 1901년에 세실 코트 21번지에 서점을 열었다. 1947년에는 그의 아들 제프리 왓킨스 Geoffrey Watkins가 사업을 확장해 옆 가게인 19번지까지 서점으로 인수했다. 제프리 왓킨스가 세상을 뜬 1984년 이후 서점의 주인은 여러 차례 바뀌었지만, 이름은 그대로 남았다.

　　나는 이 모든 역사를 생각하면서 서점 안으로 들어섰다. 그리고 잠시 앉아 있다가 책장을 살펴보기 시작했다. 큰 진열창은 옅은 홍차 색깔 커튼으로 서점과 분리되어 있었다. 뒤쪽에 있는 평범한 직원용 출입문에 하얀 리넨이 드리워진 게 이국적인 분위기를 더했다. 내 옆의 키 큰 인도인 철학

자처럼 보이는 현인은 벌써 책을 발견한 모양이다. 몸을 쭉 펴고 머리에 쓴 터번을 바로잡더니 책을 읽기 시작했다. 책장 사이에는 작은 탁자들이 있었고, 탁자 위 쟁반에는 촉감도 신비로운 흰색과 파란색, 검정색 돌들이 담겨 있었다. 벽에는 흰 실크를 댄 작은 진열함들이 걸려 있었는데, 그 안에는 더 귀한 돌들이 은반지에 끼워져 있었다. 스틱형 향도 있었다. 피워놓기도 했고 팔기도 했다. 그리고 섬세하게 조각한 상자들과 꽃, 형상들이 있었다.

나는 책을 한 권 찾으러 왔는데 제목이 확실치 않았다. 젊은 직원에게 부탁했다.

"제목에 '명예'가 들어가 있고요, 페이건 에틱스 시리즈에 있어요."

"아, 본 적 있어요!" 그가 말했다. "그게 어디 있더라…, 찾아볼게요."

그는 "기타"라고 표시된 계단을 따라 급히 내려갔다. 그러고는 "찾았어요" 소리가 들리더니, 한 손에 내가 찾던 책을 치켜들고 올라왔다.

"어떻게 이렇게 빨리 찾았어요?" 내가 물었다.

"어느 분야로 분류할까 고민했었거든요. 이 책은 철학과 신비주의, 그리스 고전과 동양… 사이에 있죠."

스물다섯쯤 된 직원은 내 책을 찾아줄 수 있어서, 내 질문에 진짜 서점 직원처럼 대답할 수 있어서 기쁜 눈치였다. 나는 책을 잠시 그에게 맡겨두고 커피의 역사에 대한 페이퍼백을 하나 찾으려고 "음식과 영양" 코너로 갔다. 서점에는 볼 게 참 많았다. 고대부터 21세기에 이르기까지 신비주의의 가르침을 기록한 책도 있었고, 동양철학과 인도철학, 심리학, 신비주의 예술을 알려주는 책도 있었다. 모든 기성 종교에 대한 자세한 설명과 참고자료를 갖추고 있을 뿐 아니라 자연과 민담을 토대로 한 민속종교에 대한 자료도 있었다.

탁자 위에는 점술과 생태의식, 요가수행 그리고 의식과 대체의학, 현대 영성 분야에서 앞으로의 연구가 어떻게 진행될지 알려주는 책들이 펼쳐져 있었다. 내가 좋아하지만 이해할 방도가 없는 것들이 너무 많았다. 정교한 염주와 목걸이, 반짝이는 수정, 고운 비단옷, 비밀협회의 가르침. 물론 나는 그 모든 것을 알기 위해 애써 지식을 구한 적도 없다. 내가 알지 못하는 넓은 세상을 남겨둘 필요도 있으니까. 세상을 보는 다른 생각이 존재한다는 것을, 그들이 그곳에 있다는 것을 알아둘 필요가 있으니까.

나는 내가 고른 두 권의 책을 들고 서점을 나와 19번지에 있는 또다른 왓킨스서점으로 갔다. 한때 이곳은 이발사인 존 쿠진John Couzin의 집이었다. 그의 집에 1764년 4월부터 8월까지 레오폴트와 안나 모차르트 부부가 아들 볼프강을 데리고 머물렀다. 당시 아이였던 볼프강 모차르트는 런던에서 처음으로 콘서트를 열기 위해 잉글랜드에 당도했다. 나는 모차르트에 대해 잠시 생각했다. 일곱 살의 나이에, 이 서점의 그 무엇만큼이나 불가해한 재능을 지녔던 모차르트에 대해. 어떻게 그들을 이해할 수 있을까? 앎 너머에 있는 곳으로 남겨두는 것 말고는. 어쨌든 이곳은 모차르트를 생각하기에 딱 어울리는 장소다.

이 서점에 있는 모든 무수한 설명에도 불구하고 설명할 수 없는 신앙에 대한 책도 많다. 이성과는 다른 신비주의 용어로 현대사회의 현실과 환상, 영성과 현대인에 대해 논하는 책도 많이 있다.

2010년 2월 23일 갑자기 왓킨스서점은 사업을 중단하고, 세실 코트 19번지와 21번지의 서점 문을 닫겠노라고 발표했다. 나는 그 소식에 어리둥절했다. 바로 몇 달 전인 2009년 12월에 왓킨스의 서점직원에게 문의 메일을 보냈던 게 생각났다. 나는 T. S. 엘리엇이 신비주의 사상가 게오르게 이바노비치 구르지예프George Ivanovitch Gurdjieff(19세기 말과 20세기 초에 활동했던 신비사상가. 고대의 지혜와 명상법 등을 복원하여 과학과 이성에 대한 맹신에 젖어 있던 서구 사회에 새로운 영성의 전통을 세운 인물로 평가됨-옮긴이)에 대해 관심을 가졌는지 이메일로 문의했다. 한 직원이 내게 답신하기를 "서점에서 그 문제에 대해 전해 내려오는 구전 역사"는 찾지 못했지만 왓킨스서점이 다루는 철학에 엘리엇이 관심을 가졌던 것은 사실이며, 그의 1948년 극작품인 〈칵테일 파티The Cocktail Party〉에서 구르지예프의 영향을 볼 수 있다고 했다. 또한 엘리엇이 〈황무지〉에서 《우파니샤드》를 인용했으며 블라바츠키 부인에 대해서도 언급했다고 덧붙였다. 우리는 그 대화를 서점에서 나눌 수도 있었을 텐데. 서로의 지식을 편안하고 부담 없이 나누는 대화, 아무것도 단정 짓지 않고 가능성을 염두에 둔 그런 대화를 말이다.

세실 코트 10번지의 이웃 서점이 왓킨스서점을 인수해 다시 열 것이라는 소식을 들었을 때 나는 서점이 부활하는 듯한 느낌을 받았다. "런던의 영성은 죽지 않았다." 새 주인은 이렇게 말했다. 왓킨스 19번지와 21번지도 죽지 않았다. 여전히 남아 있는 서점의 이름도 죽지 않았다. 직원들이 돌아왔고, 독자들도 돌아왔다. 2010년 3월 13일 재개업식에 많은 독자가 샴페인을 들고 몰려왔다. 예이츠와 엘리엇, 헬레나 블라바츠키와 어린 모차르트 모두 그날의 광경을 지켜보았겠지.

킹스서점
KING'S BOOKSHOP

칼란더, 스코틀랜드
CALLANDER

KINGS
Book
Shop

시 읽는 정원

이곳은 여러 이름으로 불리는 서점이다. 킹스서점으로 불리기도 하고 다이하드출판Diehard Publishing, 또는 포에트리 스코틀랜드Poetry Scotland(킹스서점의 주인인 셀리 에번스Sally Evans가 편집, 출판하는 시 문예지-옮긴이)로도 불린다. 킹스서점의 주인이 서적상인 동시에 출판업자이며 유망한 시인들을 키워내는, 예리하면서도 관대한 비평가이자 편집자이기 때문이다.

킹스서점은 문화의 중심이자 때로는 도피처였다. 널찍한 앞 유리창에는 아무런 상호도 붙어 있지 않았다. 하긴 이곳에서 하는 그 모든 일을 한마디로 요약하기란 쉽지 않을 것이다. 대신 문 위에 "책"이라는 간판이 매달려 있고 유리창 한 면 가득 필기체로 "서점" "그게 바로 당신이 여기에 온 이유!"라고 적혀 있다. 그 문구를 보자마자 나는 이렇게 물었다. '어떻게 알았지? "그게" 뭐지? "여기"는 어디야?' 인상적인 문구였다. 그렇게 해서 나는 이미 대화에 끼어들고 말았다.

　서점에 들어섰더니 아무도 없는 듯했다. 나가려고 몸을 돌리려는 찰나에 누군가 탁자에서 말없이 글을 쓰고 있는 게 보였다. 글 쓰는 이도 그제야 나를 쳐다봤다. 나는 차츰 주인의 선한 배려를 이해하게 되었다. 한번은 내가 서점에서 책을 읽는데 한 여자가 급하게 들어서며 물었다. "잼 만드는 법에 대한 책 있어요?" 주인이 얼른 일어나서 책장 한곳을 찾아보더니 짧은 대화가 오갔다. 문제가 해결된 분위기였다. 손님은 책값을 치렀고 서점은 다시 고요를 되찾았다. 주인은 손님의 마음을 잘 알았고, 자신을 필요로 하는 누구에게든 시간을 내주었다. 그녀의 이름은 샐리 에번스.

　서점 안은 길었다. 그리고 무척 환했다. 출입문의 긴 창유리와 유리창으로 들어오는 빛만으로는 설명할 수 없을 만큼 환했다. 반짝이는 원탁에 카메라 옵스큐라처럼 서점 안 풍경이 맺혔다. 책으로 둘러싸인 삼면의 벽과 여행서와 어린이책이 꽂힌 원형 거치대가 원탁에 비쳤다. 형형색색의 어린이책 속에서 스코틀랜드 삽화가 마리 헤더윅Mairi Hedderwick, 나니아, 그린치를 비롯한 닥터 수스의 여러 등장인물, 로알드 달이 눈에 들어왔다. 어린이책을 뒤로 하고 소설이 꽂힌 벽을 따라가다 보니, 정원 출입구가 눈에 띄었다. 작은 뒷산으로 이어지는 정원의 모습은 시도서Book of Hours(중세시대에 만들어지던 기도서로 기도문과 성가, 전례문이 삽화와 함께 실려 있다-옮긴이)에 등장하는 한편의 삽화 같았다. 방금 보았던 나니아가 갑자기 떠올랐다. 내가 서 있는 곳에서 저 너머 햇살이 반짝이는 꽃의 정원으로 갈 방도가 있을까? 당장은 없는 듯했다. 아직은.

　나는 스코틀랜드 시인 제임스 맥퍼슨James MacPherson의 《오시안Ossian》이 있는지 물었다. 주인과 나는 함께 책장 맨 위 칸의 게일어 번역시집들을 뒤졌다. 킹스서점은 게일어 번역시집 컬렉션으로 유명한 곳이다. 그런데 그곳에서 찾아낸 시집은 내게 너무 훌륭했다. 시집은 가죽으로 고급스럽게 제본되어 있었다. 그러고 보니 꼭대기 선반의 다른 책도 그랬다. 서점의 공동 소유주이자 책 제본 장인인 이언 킹Ian King이 서점 옆 작업실에서 제본한 책들이었다. 꼭대기 선반의 책들이 르네상스 직물처럼 은은하게 빛나는 이유를 비로소 알았다.

나는 쓸 만한 페이퍼백 책이면 족했다. 언어로 이루어진 텍스트를 원했을 뿐이지 이곳의 가죽 장정본들과 어울릴 만한 책을 찾은 게 아니었다. 하지만 내게 필요한 다른 책은 찾을 수 있었다. 셰익스피어 시대의 런던에 대한 책이었다. 그리고 친구에게 선물하면 좋을, 더블린 작가 메이브 빈치Maeve Binchy의 책을 한 권 샀고, 서점주인인 샐리 에번스가 어린이를 대상으로, 3운구법terza rima(압운시의 한 형태로 단테가 《신곡》에서 사용함-옮긴이)으로 쓴 독특한 삽화집인 《벌들The Bees》도 샀다. 샐리 에번스와 이언 킹이 워낙 다양한 일을 하고 있어서 그들을 알아가다 보면 뛰어난 재능을 지닌 장인들이 각기 다른 일에 몰두하는 공방을 하나씩 구경하는 느낌이 든다. 우선 두 사람 다 시인이며, 그들에게선 다양한 가능성을 감지할 수 있었다. 그들은 내가 한 번도 느껴 본 적이 없는 무뚝뚝한 동지애로 낯선 사람을 기꺼이 맞이했다.

나는 몇 년 동안 킹스서점을 몇 차례 더 찾았다. 그러던 어느 날, 시 낭송회인 '셉템버 위켄드September Weekend'에 올 마음이 있느냐는 질문을 받았다. 시인들이 정원에 모여 자작시를 낭송하는 행사였다. 바로 처음 이 서점에 온 날 살짝 엿보았던 세상, 내가 아직 발 디뎌보지 못한 세상이었다. 그곳에 갈 수 있다니! 시의 정원에 들어갈 수 있다니! 동화 속 여인이 된 것만 같았다. 하지만 셉템버 위켄드는 내가 꿈꾸던 것보다 더 인간적이고 더 멋있었다. 정원은 라파엘전파의 화폭 같은 다홍색 꽃과 키 큰 연두색 나무들로 환하게 빛났다. 나를 비롯해 초대받은 손님들은 낭송회가 시작되기 전에 초록색으로 물든 오솔길 옆 탁자에 앉아 점심을 들었다.

시인들은 다양했다. 서류가방에 시를 넣어온 시인도 있었고, 주머니에 구겨 넣고 온 시인도 있었다. 향긋한 가죽 폴더에 끼워온 시인이 있는가 하면 수놓인 가방에 담아온 시인도 있고, 링 바인더에 시를 끼워온 시인도 있었다. 허둥대며 종이를 펼치고 낭송할 페이지를 찾는 모습도 각기 달랐다. 모두 사랑스러웠다. A4 용지 두 장에 프린트해온 시를 무심하게 읽어 내려가는 시인도 있고 자꾸만 미끄러지는 종이를 불안하게 꼭 붙들고 낭송하는 시인도 있었다. 자신의 차례가 오자 깜짝 놀란 듯 미소를 지어 보이던 시인은 이곳에서는 분명 잘 알려진 인기 시인인 듯했다.

시인들이 읽는 시를 듣다 보니 이처럼 목가적인 정원에서 글을 썼을 로버트 헨리슨이 떠올랐다. 그는 15세기 스코틀랜드 동부 파이프에서 주민들의 이런저런 모습을 흥미롭게 관찰했고, 그들의 고통을 슬퍼했다. 그러고 보니 이 정원에서 1.6킬로미터도 떨어지지 않은 애버폴리의 목사였던 로버트 커크Robert Kirk도 있다. 그는 1658년에 《파우누스와 엘프, 요정 들의 비밀공화국The Secret Commonwealth of Fauns, Elves, and Fairies》을 썼고 1692년 홀연히 사라져서는 영영 나타나지 않았다.

청중을 둘러보니 굉장히 집중해서 시를 듣는 사람도 있었고, 의자를 옮겨다 생울타리 끝에 앉은 사람도 있었다. 어느 시인이 감동적으로 시를 낭송하고 나자 침묵이 맴돌았다. 그럴 때는 누군가가 바이올린이나 플루트를 꺼내 그 정적을 깨야 할 것 같았다.

커피는 언제나 후하게 대접되었고 낭송회가 끝나고 나면 모두 서점에 모여 대화를 나눴다. 우리는 정원을 떠났다. 작은 통로를 따라 서점으로 들어가다가 나는 그만 일행을 놓치고 말았다. 그곳에는 '사유지'라든가 '관계자 외 출입금지' 같은 표지판은 없었다. 그런 표지판은 킹스서점답지 못했다. 대신에 환한 빛 속에서 옅은 아지랑이가 피어나는 듯한 신비로운 공간이 나왔다. 그곳에는 아직 세상에 태어나지 못한, 혹은 이미 이 세상을 떠난 듯한 책들이 책장에 놓여 있었다. 제본되기를 기다리는 책들이었다. 새로운 생명으로 환생하기를 기다리는, 아주 오래된 책들이었다.

서점으로 돌아오니 서점 안은 9월의 긴 해가 비치는 바깥보다 조금 어두웠다. 사람들은 담소를 나누고 있었다. 그들은 만난 지 얼마 안 된 내게도 말을 걸어왔다. 강렬한 에너지가 서점을 휘감는 듯했다. 나는 문득 서점 유리창에 붙은 문구가 기억났다. "그게 바로 당신이 여기에 온 이유!" 이제야 나는 그 답을 찾은 듯했다.

킹스서점을 처음 찾았던 날, 나는 밖에 서서 서점 건물을 기억해두려고 찬찬히 살펴봤다. 집 두 채에 서점과 제본 공방이 있었다. 건물의 벽은 사암벽이었고, 보도를 따라 화분 몇 개가 늘어서 있고, 페이퍼백이 놓인 정교한 책장이 보였다. 계단 하나를 올라서면 아름다운 베벨드 글라스^{beveled} glass(유리를 정밀하게 가공해 만든 고급 제품으로, 빛의 굴절에 따라 색채가 다양하게 변한다-옮긴이)의 파란색 문이 있고, 현관에는 스코틀랜드 깃발 두 개가 서로 기대어 있다. 하나는 파란 바탕에 대각선으로 그려진 흰색 십자가 깃발이고, 다른 하나는 사자가 그려진 깃발이었다.

오늘 보니 그 깃발들은 유리창 밖 높은 철제 걸쇠에 매달려 나부끼고 있었다. 그렇게 나부끼는 깃발을 보니 킹스서점이 선구자 같다는 생각이 들었다. 스코틀랜드의 시를 사랑하는 주인들의 열정에서도, 스코틀랜드 시를 읽고 쓰고 알리고 영혼까지 치유될 것 같은 시의 정원을 지키는 데 평생을 바친 그들의 모습에서도 선구자다운 기상을 느낄 수 있었다.

15

바우어마이스터서점
Bauermeister's Bookshop

에든버러
Edinburgh

BAUERMEISTER'S
BOOKSHOP

떠남

BAUERMEISTER'S BOOKSHOP

태양이 고운 금빛으로 쏟아져내렸다. 나는 열여덟 살이었고 에든버러대학에서 문학을 공부하고 있었다. 챔버스 스트리트에 위치한 민토하우스 꼭대기의 넓은 강의실에 매일같이 앉아 창밖의 하늘을 올려다보곤 했다. 하얗게 텅 빈 하늘은 내가 삶으로 채우기를 기다리지 않고 하염없이 흘러갔다. 그 텅 빈 하늘이 곧 삶이었다.

　내 생애 처음으로 나는 음악 같은 시에 귀를 기울였고, 찰스 램Charles Lamb의 수필을 읽으며 작가와 대화를 나누었다. 내게 찰스 램은 우리 오빠 같은 스타일과 유머를 지닌 작가였다. 나는 극을 좋아하게 되었고, 스코틀랜드 억양에 익숙한 귀를 쫑긋 세우고 엘리자베스시대의 무운시blank verse(운의 구속이 없어 산문에 가까운 서술적 시와 시극에 많이 쓰이는 전통적 시형으로, 16세기 이래 가장 영향력 있는 영시의 형태로 여겨짐-옮긴이)에 집중했다. 극작가 크리스토퍼 프라이를 알게 되었고 그의 연극 〈화형을 면한 여인The Lady's Not For Burning〉을 보고서는 극중 인물인 토머스 멘딥Thomas Mendip의 대사를 암송했다. 대학에서 사람들은 턱을 살짝 치켜들고 자신의 소신을 말하며 토론을 제안하곤 했다. 다른 사람의 말에 즉각 수긍하도록 길러진 나와는 달랐다. 그해 햇살이 비치던 가을 아침에 나는 내가 경험하고 있는 것이 무엇인지 깨달았다. 그것은 행복이었다. 새로움이었다. 나의 창은 미래로 열려 있었고, 현재는 완벽했다.

매일 아침 나는 실망과 두려움이 무겁게 내리누르고, 의심과 비난을 유일한 낙으로 삼는 집을 나와 기차를 탔다. 에든버러행 기차는 햇빛 속으로, 아름다운 낭송과 각운脚韻으로 채색된 나의 세상 속으로 달려갔다. 나는 열광하는 법을, 내가 좋아하는 것을 솔직하게 말하는 법을 배우고 있었다. 나와 터울이 많이 진 오빠의 어깨 너머로 살짝 들여다보았던 그 세상을 배우고 있었다. 오빠는 내게 패트릭 캠벨Patrick Campbell과 폴 제닝스Paul Jennings를 읽어주었고, P. G. 우드하우스P. G. Wodehouse와 K. R. G. 브라운K. R. G. Browne의 작품도 읽어주었다. 나를 글래스고에 데리고 가서 배우 존 길구드John Gielgud가 연기하는 햄릿도 보여주었다. 우리는 글래스고예술대학에서 찰스 레니 매킨토시Charles Rennie Mackintosh가 디자인한 의자와 장식벽을 보았고, 쿠르베와 렘브란트, 달리, 밀레, 터너, 드가의 작품을 갤러리에서 감상했다. 오빠는 생각을 통해 아이디어가 탄생한다고 알려주었고, 아이디어를 표현하는 언어도 가르쳐주었다. 그리고 상상력이 무엇인지, 상상력으로 무엇을 할 수 있는지도 깨닫게 해주었다. 나는 사랑을 알기 전부터 은유를 이해했다.

대학에 들어가자 빛으로 가득한, 나의 새로운 삶에서 새 친구를 만났다. 나보다 두 살 많던 그는 내 옆에 앉고, 친구들을 내게 소개해주고, 사람

많은 곳에 예고 없이 나를 데려가서 즐거움을 선사했다. 대학 4년 동안 아침마다 기차역에서 나를 기다렸고 저녁이면 오후 5시 15분에 북부의 긴 겨울과 봄까지도 어둑했던 웨이벌리 역에서 나를 배웅했다. 우리는 긴 여름방학 동안 떨어져 지냈다. 그는 매해 6월이면 로즈 스트리트의 재단사에게 양복을 주문했다. 그래야 8월의 에든버러 페스티벌에 맞춰 양복을 입을 수 있었다. 방학 동안 그는 런던의 서점에서 일했는데 페스티벌이 열리는 8월이면 어김없이 에든버러로 돌아왔다. 그러고 보니 우리가 떨어져 있던 시간은 양복 한 벌이 완성되는 시간보다 짧았다.

우리가 만난 두 번째 해에 그는 나를 어느 서점에 데리고 갔다. 더 마운드the Mound(에든버러의 올드타운과 뉴타운 사이에 있는 인공 언덕으로 에든버러의 주요 기관들이 자리하고 있다-옮긴이)의 우아한 석조건물 사이에 작은 서점 하나가 해바라기처럼 환하게 피어 있었다. 스코틀랜드은행과 성공회회관의 높다란 벽에 둘러싸인 그 동네에서 서점 진열창에 놓인 다양한 색상의 외국 책표지가 노래를 부르는 듯했다. 정열적인 노란색의 프랑스문학, 영국의 빅터골란츠Victor Gollancz 출판사의 책들, 순백색의 외국 에세이집들, 주홍색 표지에 고딕체로 제목을 쓴 정치사 서적들, 지적인 파란색의 유럽 소설들, 로맨스와 시집들, 짙은 갈색 표지에 부드러운 글씨체로 제목을 쓴 아일랜드 시인들의 시집이 흰 불빛 아래 놓여 있었다.

그곳이 바우어마이스터스서점이었다. 바우어마이스터스서점은 에든버러 안에서 점점 남쪽으로 이전했다. 더 마운드로 이사하기 전에는 사우스 프레데릭 스트리트에 있었고, 나중에는 조지 4세 브리지로 옮겨갔다. 교재는 거의 팔지 않았고, 중고 책도 다루지 않았다. 나무벽과 나무바닥은 낡았지만 책장은 반짝였다. 나는 이젤 위에 활짝 펼쳐놓은 책을 한 번도 본 적이 없었는데, 이곳에 오니 커다란 미술 화보집들이 있었다. 미국 화가 조지아 오키프Georgia O'Keefe와 윈슬로 호머Winslow Homer, 프랑스 화가 피에르 보나르Pierre Bonnard와 반 고흐, 모네, 아일랜드 화가 잭 예이츠Jack Yeats의 화보집들이었다. 화보집은 그 종이만으로도 감탄할 만했다. 너무나 완벽했고 조화로웠다. 그 크기하며 균형하며 선까지. 아, 너무나 탐나는 신세계여!

당시에 나는 깨닫지 못했지만 바우어마이스터스서점은 이후 계속될 내 여행의 전주곡 같은 것이었다. 바우어마이스터스서점의 문턱을 넘어서는 순간 나는 경계를 넘어섰고 세상은 내게 더 많은 것을 보여주었다.

그는 내게 아일랜드 출신의 시인 루이스 맥니스Louis Macneice가 1939년 발표한 장시《가을 일기Autumn Journal》의 최근판을 사주었다. 그리고 그 시집은 우리가 함께할 시간들에 마법 같은 존재가 되었다. 바우어마이스터스서점은 내가 매일 오후에 혼자 공부하던 중앙도서관과 가까웠다. 나는 흰 타일이 깔린 층계 세 계단을 내려가 커머셜룸에서 공부했다. 그곳은 사람들이 많이 드나드는 주요 열람실과 떨어져 있어서 무척 조용했다. 매일 오후 4시쯤 그가 도서관 쪽문을 찰칵 열고 들어오면 나와 내 책들은 그를 따라서 세인트 자일스 성당 맞은편 카페로 갔다. 그 카페에서 그는 여러 날에 걸쳐《가을 일기》의 4부를 조금씩 내게 읽어주었다. 그 당시에 나는 잘 몰랐지만 그건 나에 대한 사랑 고백이었다.

맥니스의 시는 학교에서 읽던 엘리자베스시대와 빅토리아시대의 시만큼 달콤하지도 유려하지도 않았지만, 나와 같은 현실의 소녀에게는 그게 오히려 더 진정하다고 나는 생각했다.

나는 그녀에게 이번 달과 다음 달을 주었지
사실 내 한 해가 전부 그녀의 것인 걸
나의 많은 날을 이미 참기 힘들게, 안절부절 못하게 만든 그녀
하지만 더 많은 날을 너무나 행복하게 만드는 그녀
내 삶에 향기를 남기고, 나의 벽이
그녀의 그림자와 더불어 거듭거듭 춤추게 하지…

나는 나선형 계단으로 연결된 그 오래된 카페 창가 옆 흔들대는 탁자에 앉아 어둑해지는 겨울의 흰 광장을 내려다보며 그가 읽어주는 시를 들었다. 시집은 황갈색 표지에 큼직한 크림색 대문자로 제목이 쓰여 있었다. 그는 책장만 보면서 읽었다. 시인이 쓴 표현이었지만 내게 그것은 텍스트가 아니라 지금 여기, 우리의 삶에 대한 이야기였다.

트론 교회의 시계가 5시를 알리면 우리는 자리에서 일어나 웨이벌리역까지 100개쯤 되는 계단을 함께 달려 내려갔다. 그리고 나는 5시 15분 기차를 타고 나의 다른 세상으로 돌아갔다. 함께 보낸 두 번째 해가 세 번째 해로, 세 번째 해가 다시 네 번째 해로 이어졌다. 나중에 그는 개찰구에서 헤어지지 못하고, 함께 기차에 탔다. 역 구내 입장권만으로 기차를 타고 가다가 검표원이 오면 추가 요금을 지불하곤 했다. 해가 긴 여름에는 바로 기차를 타고 돌아갔다. 그리고 겨울이 오자 우리 가족은 저녁 식탁에 자리를 하나 더 마련했고, 그는 막차 시간까지 머물다 떠났다.

우리는 맥니스의 아름다운 시를 통해 대화하고, 세상을 깨달아갔다. 그리고 조금씩 우리의 시를 매끄럽게, 성실하게 더해갔다. 우리는 우리 자

신의 아름다움을 깨달았고, 더 나아가 타인들의 아름다움도 알게 되었다.

그러니 내가 이제 혼자서
이 삶을 살아야만 한다면 나는
엇비슷한 돌 사이에서 무작위로 뽑은 듯한 삶을 살지 않을 거요
천사들의 사다리가 될 거요, 조류를 거스르는 강물이 될 거요

그 시절 우리는 중앙도서관과 바우어마이스터스서점의 시집 코너, 세인트 자일스 성당 옆 카페에서 마법에 홀린 듯한 시간을 보냈다.

하지만 천국 같던 그 긴 시간을 보낸 뒤에도 우리의 미래를 계획할 시기가 되자, 나는 우리 앞에 놓인 다른 삶을 예감했다. 막다른 골목들이 등장했다. 나는 대학을 졸업한 뒤에 2년간 교편을 잡고, 나이 드신 부모님께 빚을 갚기로 이미 약속한 상태였다. 그런데 그와 나 사이에는 또다른 약속이 있었다. 그의 고향인 런던에서, 우리가 갖기로 꿈꿨던 미래의 직업이 고통스럽게 우리를 기다리고 있었다. 서로 다른 약속들이 충돌했다. 의무와 사랑, 현실과 소망. 우리는 그 사이에서 선택을 할 재주도 능력도 없었다.

우리는 언젠가는 모두 변할 수 있다는 것을 알고 있었다. 시간이라는 날개 달린 마차를 알고 있었다. 일과 삶 사이의 뼈아픈 선택에 대한 예이츠의 시도 이해할 수 있었다. 우리는 양심과 의무 사이에서 갈등하던 햄릿도 알고 있었고, 무엇보다 자신의 의지가 제일 중요하다는 것도 알고 있었다. 하지만 그 모든 관념 중 무엇도 우리를 현실적으로 만들어주지 않았다. 나는 실수가 두려워, 비난이 두려워 뒤로 물러섰다. 우리는 지식을 통해 성장했

지만 협상의 경험이 없었다. 그 긴 지식의 순례길 끝에 내가 다다른 것은 강렬한 감정 외에 아무것도 아닌 것 같았다. 나는 그 감정을 불신했다. 내가 틀렸다. 나는 너무 어려서 그것이 얼마나 순식간에 지나가버릴지 알지 못했다.

함께 보낸 4년이 뉴타운의 프린스 스트리트의 혼잡한 모퉁이에서 무너져내렸다. 우리가 함께했던 올드타운과 바우어마이스터스서점, 우리의 카페와 도서관과는 너무나 이질적인 그곳에서. 그 선택은 내게 가혹하게 느껴졌지만 시간이 흐르면서 그런 느낌도 곧 누그러들었다.

선택을 고민하던 시간에 나는 대학 신입생 시절 창을 통해 보았던 하늘을 떠올렸다. 텅 빈 하늘은 미지의 삶과 미래로 반짝였다. 그리고 우리는 함께 보낸 우리의 시간을 끝맺었다.

바우어마이스터스서점에도 변화가 있었다. 1966년에 바우어마이스터스는 더 마운드에서 조지 4세 브리지로 옮겨왔다. 가게 앞면에 키 큰 기둥과 폭이 넓은 진열창이 있는 널찍한 곳이었다. 고전적인 그리스 도서관처럼 밝고 여유 있고 고상했다. 더 마운드의 옛 서점에 있던 오래된 현금출납기도 함께 이사를 왔다. 가끔씩 나는 학교에 다니는 아들을 데리고 그곳에 갔다가 바로 옆에 있던 밀크 바에 들렀다. 물론 행복으로부터 나를 떼어놓던 그 기차를 타기 위해 더는 뛰지 않아도 됐다. 지금은 멀어져버린 그들을, 그 사람들과 그 사건들을 한때 알았다는 게 기쁘다.

카라로
Carraroe

코네마라, 아일랜드
Connemara

Carraroe

Carraroe

코네마라의 카라로 마을을 떠올릴 때면 그곳에서 만난 토머스 매코인Thomas MacEoin과 그의 재능을 묘사할 적절한 표현을 찾느라 고심하게 된다. 사실 그를 표현하려면 진심이 담긴 노래가, 그것도 긴 노래가 필요할 것이다. 카라로를 생각하면 거센 바람과 태양만 떠오른다. 그리고 끝이 없던 해안도로가 그려진다. 토머스의 침묵 같은 커브만 있던 끝없는 해안도로.

그의 노래는 그 누구의 노래와도 달랐다. 해안가 성당의 미사에서 합창단의 소리가 파도처럼 부서질 때 그의 목소리가 바다의 흐느낌처럼 떨리며 올라가더니 척박한 삶의 고통과 전율을 담아 높이 솟구쳤다. 이 마을에서는 길도 집도 교회도 모두 돌로 지어졌고, 들판을 구획한 담도 돌로 쌓였다. 토머스는 게일어로 시를 쓰는 시인이었다.

어느 화창한 날에 우리는 그의 집을 나섰다. 한때 그의 집은 좁고 궁핍

하고 낡고 허물어져 가고 있었다. 손을 쓰기엔 너무 늦은 것 같았다. 그러나 토머스는 자기 집이 최초의 돌무더기로 돌아가도록 내버려둘 수 없었다. 그는 그곳에서 계속 살 방법을 궁리했다. 낡은 벽 둘레에 새로운 벽을 덧댈 수 있을 것 같았다고 그는 말했다. 그 말이 맞았다.

그날 아침에 그는 새로 지은 부엌에서 차를 끓여주었다. 우리는 잠시 말없이 앉아 차를 마셨다. 그런데 금방 차통이 비었고, 설탕이 떨어졌다. 성냥도 바닥났다. 나는 펜과 종이를 꺼냈고 우리는 함께 길가 가게에서 주문할 '목록'을 만들었다. 토머스가 어렸을 적에 지금의 가게 터에는 우체국이 있었다고 했다.

식료품 가게의 라디오에서는 경쾌한 음악이 흘러나왔다. 주인의 이름은 마이클 오돔네일이었는데, 식료품 가게 밖에서는 유명 배우이자 농부라고 했다. 그의 가게는 마을에서 가장 하얀 곳이었다. 선반과 계산대 위 천정에 매달린 불빛에 가게가 흰 빛으로 환하게 반짝였다. 심지어 종이가방도 흰색이었다. 사과와 파 사이에 흰색 종이가방이 단정하게 세워져 있었고, 아이스크림 냉장고 옆에는 맛 좋은 딸기를 담은 납작한 바구니 두 개가 비스듬히 기대어 있었다. 농업 정보지도 있었고, 골웨이에서 밴에 실려 배달된 케이크와 빵도 있었다. 한가한 오후에 즐기면 좋을 것들이었다. 밤을 위한 위스키도 있었고, 레모네이드와 투명하게 반짝이는 미국산 탄산음료, 담배, 펜도 있었다.

"필요한 게 차와…" 토머스가 말했다. 물건들이 계산대 위에 올려졌다. 설탕, 성냥, 차. 모두 흰색 종이가방으로 들어갔다. 그런데 갑자기 토머스가 문이 아니라 가게 뒤편으로 나를 데리고 가는 게 아닌가. 거기에는 우묵한 벽장 같은 것이 있었다. 한때 식기장으로 쓰였던 것 같은데, 먼지를 털어내고 페인트칠을 해서 나지막하고 널찍한 책장으로 아름답게 변신을 시킨 모양이다. 북적대는 판매대에 등을 돌리고 있는 그곳은 작은 벽 하나로 식료품 가게와는 딴판인 곳이 되었다.

책장에는 바다 이야기가 한두 권 있었고, 피곤한 저녁을 달래줄 소설이 몇 권 있었다. 아일랜드의 역사책과 지도도 있었다. 고전도 몇 권 있었다. 각양각색의 표지를 두른, 아름다운 양장본 책들도 있었다. 이 서쪽의 시골 마을에서 문화는 자연스럽고 자발적인 것, 일상의 다른 욕구와 구분되지 않는 것이었다. 토머스가 몸을 기울이며 물었다. "읽고 싶은 책 있어요?"

나는 헨리 제임스의 《여인의 초상The Portrait of a Lady》을 발견했다. 읽고 싶고, 갖고 싶은 책이었다. 영원히 간직하고 싶은 책이었다. 토머스는 특별한 그날을 기념하고 싶다며 내게 그 책을 사줬다. 그에게 특별한 일이란 집이 수리되었고, 날씨가 화창하고 상쾌했으며, 바다는 거칠지만 다정했고, 누군가 그와 함께 차와 설탕, 그리고 불을 피울 성냥을 사러 나왔다는 것이다.

그날 저녁 나는 스피달의 휴즈 바에서 토머스를 다시 만났다. 그곳은 아일랜드 전통음악의 거장과 가수들이 모이는 전설적인 주점이었다. 나와 함께간 친구들은 모두 스코틀랜드 사람이었다. 노래가 시작되었고 누군가 토머스에게 노래를 청했다. 하지만 토머스는 부르지 않았다. 너무 슬퍼서, 아니 오히려 너무 취했다고 말하는 게 낫겠다. 그는 따뜻한 분위기와 친구들, 술과 우리의 목소리에 취해 있었다. 저녁이 끝나자 우리는 어스름한 여름밤을 걸어 근처에 있는, 나의 숙소로 돌아와 취흥을 이어갔다. 남자들은 바이올린과 아코디언을 들고 와서 자기 의자 밑에 내려놓았다. 황무지 냄새를 그윽하게 풍기는 토탄turf(아일랜드에서 흔히 석탄 대용으로 사용하는 연료. 습지 등에서 썩지 않고 탄화된 식물을 재료로 함-옮긴이) 불이 우리를 따뜻하게 비췄다. 우리들은 이야기하고, 연주했다. 누군가 아일랜드의 작가 존 밀링톤 싱John Millington Syng(19세기 말부터 시작된 아일랜드 문예부흥운동기에 활동했던 극작가로 아일랜드의 서해안에 있는 아란제도를 방문해 여행기《아란제도Aran Islands》를 썼다-옮긴이)과 아란제도에 대한 이야기를 했다.

　　시간이 흐르자 사람들이 일어나 조용히 인사를 하고는 집으로 돌아갔다. 방에는 두세 명만 남았다. 난로의 쇠살대 위에 놓인 토탄이 작은 불꽃으로 줄어들 무렵 토머스가 게일어로 아일랜드 민요 〈그녀는 축제 사이로 움직였죠She Moved Though The Fair〉를 나지막이 부르기 시작했다. 내겐 그의 목소리 외에 아무 소리도 들리지 않았다. 그는 매혹적인 마지막 후렴구까지 부르고 잠시 침묵하더니 일어나 인사를 하고 떠났다.

　　방이 서늘해졌고 동쪽 하늘에서 해가 뜨고 있었지만, 나는 계속 앉아 있었다. 토머스가 선물한 책이 창턱에서 희미하게 반짝였다. 미국에서 이민 온 책이었다. 토머스의 가족을 비롯해 수많은 아일랜드의 남자와 여자들이 새 삶을 꿈꾸는 그곳, 미국에서 이곳 코네마라로 건너온 책이었다. 이 책을 쓴 보스턴의 저자 헨리 제임스도 1789년에 아일랜드에서 미국으로 건너간 이민자의 손자였다. 그는 혈통으로 볼 때 아일랜드 북부 카반Cavan의 후손이었다.

　　내가 토머스를 만난 지 얼마 되지 않은 1989년에 토머스는 골웨이에 사는 누이 매리 플래셔티Mary Flasherty와 함께 게일어로 시집 한 권을 출판했다. 영어 번역판을 내자는 이야기가 있었지만, 그는 거절했다. 집이야 새롭게 고칠 수도 있고, 목수와 석공을 시켜 손보도록 할 수도 있지만, 시는 다른 문제였다. 당신의 시, 당신의 책은 당신이 진정으로 존재하는 곳이다. 당신의 노래도 마찬가지다. 그래서 토머스를 위해 나는 시를 하나 지었다. 그가 식료품 가게에서 내게 사준 책에 대한 답가인 셈이다.

토머스 매코인의 거처

아니오, 그가 말했다. 번역되지 않을 겁니다.

아버지가 노래하고
어머니가 춤추던 작은 농장집이
무너져 내렸다.
비가 배어들고 스며들더니
어린 시절 잠을 자던 작은 오두막에 웅덩이가 고였다.
아니오, 그가 말했다. 허물지 마십시오.
사람들은 오두막 주변에 또다른 돌담을 둘렀다.
그의 유리창이 어두워질 때까지.
보잘 것 없고, 닳고 닳은
오래된 집 둘레에
그는 팻말 하나 세우지 않았다.
하지만 그는 매일
자신의 진짜 삶을 짓기 위해
부지런한 사람들의 손에 자신의 시가 매장되는 것을 거부한다.

사람들은 그들의 혀로 그의 시를 길들이고,
다른 도구로
다듬을 테니까,
그렇게 대들보와 상인방을
바꾸고 나면 그의 시는
진짜가 아닐 테니까…
'햇빛 비치는 정오'가 아니라 그냥 '낮'이 되어버릴 테니까,
아니오, 그가 말했다. 번역되지 않을 겁니다.

올겨울
그의 집에는 물이 스미지 않는다. 어떤 돌을 들어내도
별빛 한 줌 들어오지 않는다.
그의 시들은 안전하고
그 표면은 닳았다
흠 잡을 데 없이.

케니스서점
KENNY'S BOOKSHOP

골웨이, 아일랜드
GALWAY

KENNY'S
BOOKSHOP

KENNY'S BOOKSHOP

내가 케니스서점을 다시 찾게 되는 이유는 언제나 계단 때문이다. 빙글빙글 돌며 각 층을 통과하는 중세풍의 계단을 따라 올라가면 주름무늬 카펫이 깔린 맨 꼭대기 층이 나온다. 그곳에 가면 가장 오래되고 희귀한 책들을 만날 수 있다. 뉴욕의 고급 로프트처럼 널찍한 이 꼭대기 층의 서남향 창문으로는 항구에서 대성당까지 이어지는 옛 길을 굽어볼 수 있다. 요즘 이 길은 하이 스트리트라는 이름으로 불린다. 동쪽으로는 흰 벽돌 때문에 부활절 느낌을 주는, 텅 빈 미들 스트리트가 내려다보인다. 하이 스트리트와 미들 스트리트는 콜럼버스가 1477년에 지나갔던 길이다.

꼭대기 층에는 앉을 수 있는 작은 의자도 있었는데, 그중 한두 개는 붉은 빛이 도는 황금빛 커버로 싸여 있었다. 이 다락의 책들은 알파벳순으로 배열되어 있지 않다. 그렇다고 분야별로 꽂혀 있지도 않다. 이 책들이 알고 있는 것이라고는 오직 시간뿐이다. 그래서 동시대에 발간된 책들이 나란히 어깨를 기대고 꽂혀 있다. 그중에는 친구도 있고, 적도 있을 것이다. 가장 값비싸고 희귀한 책들은 얇고 투명한 시트지로 고이 싸여 있다. 오래되고 유명한 책이란 뜻이다. 존 싱, 제임스 조이스, W. B. 예이츠, 오스카 와일드, 사뮈엘 베케트, 극작가 브라이언 프리엘Brian Friel… 같은 사람들의 손에서 탄생한 책들.

케니스서점은 목록을 들고 와서 책을 무겁게 사들고 가는 곳이 아니다. 한두 권이면 족하다. 이곳에서 마지막으로 구입한 책은 예이츠의 후기 작품을 다룬 《서커스 동물의 탈주The Circus Animal's Desertion》다. 내가 이 책을 산 이유는 예이츠 때문이기도 하지만, 책의 저자가 에든버러대학 시절 나의 스승인 노먼 제페어스Norman Jeffares이기 때문이었다. 그 시절에는 우리 둘 다 얼마나 젊었던가. 그는 오전 9시에 (19세기 수필가에 대한) 강의를 했다. 그의 고양이도 그의 어깨 위에 조용히 앉아 함께 강의를 들었다. 케니스서점에 갔던 어느 날 아침에 나는 노먼 제페어스가 쓴 예이츠의 전기도 발견했다. 예이츠의 삶과 작품을 다룬 이 독보적인 전기는 1988년에 쓰였지만, 새천년 들어 등장한 여러 예이츠의 전기에 못지않았다. 예이츠 자신이 봤더라도 권위 있고 명료하다고 평할 책이었다. 그 꼭대기 다락방에서 나는 다른 책들도 발견했다. 1987년 아일랜드에서 출판한 학술서인 데이비드 라이트David Wright의 《예이츠의 자기 신화Yeats's Myth of Self》, 스코틀랜드 저자 샘 해너 벨Sam Hanna Bell이 아일랜드의 얼스터 시골 지방에 대해 쓴 1951년 소설 《12월의 신부December Bride》의 초기판도 이곳에서 샀다. 이 다락방에는 존 싱과 제임스 조이스, 아일랜드의 극작가 오거스타 그레고리Augusta Gregory, 루이스 맥니스, 영국의 소설가 엘리자베스 보웬Elizabeth Bowen의 초판본도 있었다. 그리고 이들보다 더 최근 시인들인 셰이머스 히니Seamus Heaney, 존 몬타규John Montague, 마이클 롱리Michael Longley, 데릭 메헌Derek Mahon, 이븐 볼랜드Eavan Boland의 변화하는 작품세계를 엿볼 수 있는 얇은 시집도 서서히 들어왔다.

케니스서점의 모린과 데즈먼드 케니Maureen and Desmond Kenny 부부는 1940년부터 책을 팔기 시작했다. 그들이 1년만 빨리 서점을 열었더라면 예이츠가 그들의 서점을 찾았을지 모를 일이다. 부부는 함께 살기 시작한 집의 방 한 칸에 첫 서점을 차렸다. 그러니 케니스서점의 역사는 그들 부부와 아들딸의 연대기라고도 할 수 있다. 내가 이 서점에 매료될 무렵 케니스서점은 지금처럼 골웨이의 하이 스트리트에 있었다. 당시 그들은 독창적인 포스터로 서점을 홍보하고 있었는데 포스터 속에는 눈보라처럼 휘몰아치는 여러 색깔의 책들 속에 반짝이는 창문과 멋진 책장이 있는 3층짜리 건물이 서 있었다. 서점은 포스터의 이미지 그대로였다. 밤하늘의 별 같은 유리창이 총총 달린 이웃 건물들 속에서도 환한 빛을 발했다. 서점 근처에는 친절과 온기로 늘 북적대는 더 퀘이즈 주점이 14세기 석조건물에 자리해 있었다. 케니스서점의 문에는 엮은 바구니가 걸려 있었다. 판매용으로 걸어둔 게 아니라 옛날에 바구니 제조를 생업으로 삼았던 이 마을에서 풍요를 기원하는 방식이라고 했다. 서점 안도 풍요롭고 충만했다. 내가 평생 고르고 볼 수 있는 것보다 더 많은 책들, 많은 그림들, 카드들, 소책자들, 책을 쓰기 위한 종이들, 메모하기에 좋은 공책들, 가죽양장에 도금을 하고 새틴 리본을 단, 행복한 미래를 기록할 일기장들이 있었다. 시간이 더 있었으면, 무한한 시간이 있었으면 하고 바라게 되는 곳이었다. 시간만 더 있다면 어느 구석에 앉아 구경하고 읽고 사고 다시 읽고 떠났다가 다시 돌아올 텐데. 여름이면 서점에 햇살이 따라 들어왔고, 겨울이면 책들이 제자리에 조신하게 꽂혀 있었다. 서점이 평화와 고요에 잠기는 크리스마스만 빼고.

케니 부인은 작은 탁자 옆에 앉아 있다가 말을 걸면 기꺼이 말상대를 해주고, 질문에 대답도 해주었다. 그리고 내 형편에 언감생심 사겠다고 꿈도 못 꾸지만 한 번쯤 정말 보고 싶은 책들을 꺼내 와서 진지하게 보여주었다. 내게는 얼스터 전설집인 《주석판The Tain》이 그런 책이었다. 하지만 케니 부인 덕택에 나는 보조탁자에서 이 책을 한동안 넋을 놓고 들여다볼 수 있었다. 1988년 내가 처음 만날 당시 일흔 살이던 부인은 갈색 재킷에, 갈색과 흰 꽃무늬 스커트를 우아하게 입고 있었다. 부인은 우아함 그 자체였다. 아일랜드 출신인 부인은 서점을 함께 시작했던 남편을 여의고 아들과 서점을 운영하고 있었다. 50년 전 부부가 서점을 시작할 때는 작은 방 한 칸이 고작이었다. 남편 데즈먼드는 골웨이 장터에서 가판대에 책을 늘어놓고 팔기도 했고, 시골을 돌면서 책을 팔고 사들였다.

나중에 케니스서점은 미술 갤러리도 운영했다. 대단히 환한 전시장으로, 흰색 벽돌의 미들 스트리트에 있었다. 내가 갔을 때는 럭비 액션 페인팅을 전시하고 있었다. 럭비의 몸싸움과 스워브 같은 장면들이 주홍색, 초록색, 노란색, 검정색 유화물감으로 소용돌이치듯 그려져 있었다. 다음에 갤러리를 찾았을 때는 키 큰 흰색 블록들이 놓여 있었다. 블록마다 아일랜드 전설 속 전사들인 쿠클린Cuchulainn과 피어나 전사Fianna Warrior의 청동상이 알몸으로 포즈를 취하고 서 있었다.

케니스서점에는 중세 분위기가 물씬 풍기는 곳도 있었다. 서점 입구에서 왼쪽으로 가면 오래된 계단 아래로 매우 작은 서재 같은 공간이 나온다. 둥그스름하게 구부러진 이 작은 공간에는 카드와 장서표도 있었고 사마르칸트 문양에 정교한 줄이 달린 실크 책갈피와 일기장, 선물하기에 좋은 작은 물건들, 올빼미와 매, 유니콘에 관한 작은 책들이 있었다.

위층으로 올라가는 층계 난간에는 아일랜드 주요 작가들의 초상화와 사진이 죽 걸려 있었다. 이 서점에 왔던 이도 있을 것이고, 너무 일찍 태어나서 와보지 못한 이도 있을 것이다. 모자 쓴 사람, 숱 많은 곱슬머리, 화사하고 곱상한 얼굴, 곁눈질하는 얼굴, 옆얼굴, 당당한 눈빛, 경이로운 여성들. 그들은 한 계단식 나를 따라 2층까지 올라왔다. 2층에는 역사적 사건을 재발견하고 재해석한 책들, 민담과 전설에 대한 책들, 아일랜드와 잉글랜드의 옛 시인들 그리고 현대 시인들에 대한 책들이 있다. 잘 알려진 시인도 있고, 덜 알려진 시인도 있다. 위대한 시인들 옆에 아일랜드 시인인 프랜시스 래드위지Francis Ledwige와 퍼시 프렌치Percy French가 나란히 있었다. 아일랜드의 매혹적인 서부 지방에 대한 책도 눈에 띄었다. 팀 로빈슨Tim Robinson의 코네마라에 대한 책과 존 싱의 아란제도 여행기를 볼 수 있었다. 더블린의 애비극장Abbey theater(1904년에 문을 연 극장. 19세기 후반부터 시작되었던 아일랜드 문예부흥운동의 본거지-옮긴이)에 대한 글도 있고, 골웨이의 드루이드극단에 대한 글, 오스카 와일드와 리처드 셰리든, 존 싱, 브라이언 프리엘, 프랭크 맥기네스Frank McGuinness 등의 희곡도 있었다.

이 책들을 빙 둘러서 뒤로 돌아가면 소설 코너가 있다. 벽에는 논평과 인용문, 삽화가 예쁘게 인쇄되어 액자에 걸려 있고 고지도와 역사적 현장들도 찾을 수 있다. 볼 게 참 많았다. 어린이책도 있었다. 어린이를 위한 시선

집과 소설, 학습용 도서들을 구비하고 있었다. 존 버밍햄John Birmingham의 크고 아름다운 그림책. 그의 노랑과 빨강의 정원들. 브라이언 와일드스미스Brian Wildsmith가 펼치는 색의 향연, 모리스 샌닥, 그리고 크리스 반 알스버그의 이상하고 절제된, 마음을 흔드는 그림들. 어린이책에서 몇 계단 더 올라가면 꼭대기 층이 나왔다. 그곳에는 매번 내 발걸음을 붙드는 희귀 도서들이 있었다. 꼭대기 층에 가까워질수록 계단의 사진에도 현대 작가가 등장했다. 그리고 꼭대기 다락에 이르자 작곡가이자 시인, 음악가인 내 아들(마이크 스콧Mike Scott, 영국의 록밴드 '워터 보이스Water Boys'의 리드 싱어이자 작곡가―옮긴이)의 최근 사진이 걸려 있다.

꼭대기 층에는 내가 만져볼 수는 있지만, 결코 소유할 수 없는 소중한 책들이 있었다. 꿈속에서 사랑하는 이를 만나는 듯한 경험이랄 수 있다. 그래도 나는 그곳에서 꿈을 이루었다. 예이츠가 손수 서명한 초판 시집도 보았고, 조이스가 친필로 서명한 초판본도 보았다. 모드 곤Maud Gonne(예이츠가 사모했던 여인으로 아일랜드 민족주의 운동가이자 페미니스트, 배우―옮긴이)이 예이츠에게 보낸 편지를 본 곳도 여기였던가? 그건 더블린이었던 것 같다. 더블린에도 이곳과 비슷한 매혹적인 다락방 서점이 있으니까. 그곳에서도 책과 편지들이 시간과 더불어 책과 편지 이상의 무엇으로, 꿈으로 변신하는 듯했다.

2005년 9월에 케니스서점은 골웨이 하이 스트리트에서 외곽으로 이전했고 온라인 서점으로 전환했다. 최근에 아들 데즈먼드 케니가 이전한 건물 내부에 서점을 다시 열고, 가족과 함께 갤러리도 다시 시작했다고 한다. 케니 부인은 2007년 세상을 떠났지만, 자녀들이 그녀의 이름과 그녀가 만든 역사를 이어가고 있다.

나는 온라인으로 책을 요청하고, 책값을 지불했다. 그랬더니 내가 요청한 책들이 진짜로 왔다. 누구로부터, 누구의 손을 거쳐 왔는지는 모르지만 말이다. 어쩌면 이것 역시 또다른 종류의 전설이 될지 모른다. 가만히 생각해보면 '기도와 응답'의 관계 같기도 하다.

아틀란티스서점
ATLANTIS BOOKSHOP

런던
LONDON

ATLANTIS
BOOKS

오래된 빛

ATLANTIS BOOKS

플라톤의 뱃사람들은 아틀란티스 섬이 얼마나 빛났는지 평생 잊지 않았다고 한다. 그들은 아틀란티스 사원들의 은장식과 금첨탑이 어땠는지, 온통 상아와 금으로 지어진 내부가 어떤 모습이었는지, 황동과 구리가 얼마나 번쩍였는지 기억했다. 세상의 모든 신비로운 장소처럼 그곳에 도달하려면 시련과 시험의 공간을 거쳐야 했다.

런던뮤지엄 스트리트의 아틀란티스서점에 도착하기까지 나 역시 여러 매혹적인 변신의 공간에 발목을 붙들렸다. 우선 지도 가게인 이마고 문디Imago Mundi가 있었다. 이마고 문디의 진열창에는 색깔도 다채로운 15세기와 17세기의 지도가 놓여 있다. 지도를 살펴보려면 진열창에 바짝 붙어야 했다. 양피지로 만들어진 바다에 상상의 동물들이 그려져 있었고, 육지는 온통 붉은 힘줄과 근육 덩어리였다. 우리의 인체가 우리가 사는 세상이 되었다. 옛 지도에는 하늘에도 여러 형체가 있다. 지도 속 세상은 우리가 사는 세상보다 어린 세상, 우리가 거쳐 온 세상이다. 옛 지도에서 우리는 어디를 여행할까? 무슨 언어를 말할까? 우리의 아이들은 누구일까?

이마고 문디 건너편의 만화미술관은 영국의 풍자만화가 윌리엄 히스 로빈슨William Heath Robibson을 전시 중이었다. 흰 종이 위에 꼼꼼하게 그린, 미로 같은 그의 선들이 중세 퍼즐처럼 뒤엉키면서 천천히 명료한 하나의 해답으로 변신한다. 히스 로빈슨은 테세우스를 인도하는 아리아드네처럼 우리를 미로 사이로 인도한다. 미로 속에서는 어떤 것도 단정 지을 수 없다. 모든 것이 하나하나 서서히 나타날 뿐이다.

근처 대영박물관의 거대한 정원에는 눈에 보이지는 않는 고대 권력과 고대 이집트 신들이 자리를 지키고 있다. 대영박물관을 소실점에 두고 눈앞에 펼쳐진 이 작은 거리의 중간쯤에 군청색으로 반짝이는 아틀란티스서점이 있다. 서점 창문에는 오컬트 서점·마법이라고 쓰여 있고, 유리창 너머로 보이는 불빛은 금색이었다. 그렇게 나는 그곳에 도착했다.

서점 안에 들어서니 따오기 머리를 한 고대 이집트의 신, 토트가 서 있었다. 토트는 언어의 힘으로, 말의 힘으로 자신을 창조한 신이다. 그는 글을 고안했고, 마법을 창조했다. 그런 의미에서 글쓰기와 마법은 하나로 연결된 재능이다. 또한 그는 신들의 전령, 곧 헤르메스이자 신들의 서기였다. 그는 말을 하는 자이자 글을 쓰는 자였다. 게다가 사자死者들의 심판관으로, 저울 위의 깃털 하나와 영혼의 무게를 비교하는 일도 했다. 그날 아틀란티스서점에 서 있던 토트 상에는 가운데 선반에 꽂힌 가지각색의 책들이 비쳤다. 빛은 곳곳에서 나왔다. 천정에서도, 장식전등과 램프에서도, 반짝이는 유리 액자에서도 나왔다. 서점 뒤편에는 책상이 하나 있었고, 책상 위에 서류와 꼬리표 달린 책들이 무겁게 쌓여 있었다. 주인은 그곳에 앉아 있다. 밝은 색 옷을 입은 그녀가 내게 미소를 지어 보였다. 내가 문을 열고 들어선 이곳은 어떤 세상일까?

이곳에서 나는 몇 가지 임무를 수행해야 했다. 우선 아들이 부탁한 책을 찾아야 했다. 한두 권은 주문해야 했고, 나머지는 서점에 있었다. 주인은 책을 한 권씩 찾아냈다. 타르타러스출판사에서 나온 시리즈 책들로 하나같이 무광택의 옅은 크림색 표지였다. 길쭉하고 얇은 책들을 책상 위에 올려놓고 보니 비잔티움시대의 서판처럼 보였다. 옆에는 벽난로가 있고, 벽난로 위에는 오래된 커다란 거울이 걸려 있다. 벽난로 선반에는 선반 너비에 맞게 폭이 넓지 않은 책들이 꽂혀 있었다. 작은 잡지, 천사들에 대한 고찰이 담긴 책, 시집 몇 권 그리고 가죽으로 깔끔하게 제본된 이집트 여행서 세 권.

탁자와 책장에는 점술에 대한 책이 많았다. 신화와 미신, 꿈 그리고 신과 혼령의 방문에 대한 책들이었다. 기하학적 도식이 그려진 우아한 마법책들이 대마법사처럼 위엄 있게 주위를 응시했고, 땅딸막한 마법책들이 사이좋게 책장에 쪼르르 꽂혀 있다. 《영국마법의 서The Book of English Magic》라는 책은 소름끼칠 만큼 아름다웠고 북부적인 창백한 인상을 주는 책이었다. 영국 마법은 어떻게 다를까? 제임스 프레이저James Frazer의 《황금가지The Golden Bough》도 세 종류의 판본이 있었다. 표지마다 예술가의 깊은 꿈과 상상에서 길어 올린 이미지가 생생하게 실려 있다.

나는 다이언 포천Dion Fortune의 《글래스톤베리, 심장의 아발론Glastonbury, Avalon of The Heart》을 한 권 사고 싶었다. 이 책에서 다이언 포천은 글래스톤베리가 아발론(아서 왕의 사후 안식처로 여겨지는 곳-옮긴이)이며 아서 왕 전설에서 가라앉은 땅 라이어네스가 사라진 아틀란티스왕국이라고 주장한다. 책장에는 이 서점의 초창기에 발간된 제럴드 가드너Gerald Gardner(영국을 중심으로 한 신흥종교인 위카wicca의 아버지라 불리는 인물로 현대 주술의 부흥에 기여했다고 여겨짐-옮긴이)와 알레이스터 크롤리Aleister Crawley(영국의 오컬티스트이자 마술사, 시인. 예이츠와 더불어 황금여명회의 일원이기도 함-옮긴이)의 책도 있었다. 어느 책장 모퉁이를 돌다가 나는 피요트르 우스펜스키Piotr Ouspensky(러시아의 신비주의 사상가로, 구르지예프의 제자로서 그의 사상을 전파함-옮긴이)의 전기와 여성해방 운동가였던 애니 베전트Annie Besant에 대한 책 앞에서 멈춰 섰다. 애니 베전트는 여성해방 운동가이자 페이비언 사회주의자Fabian(극작가 버나드쇼 등의 지식인이 주도했던 영국의 사회주의 그룹으로, 점진적 사회개혁을 통한 사회주의 실현을 목표로 함-옮긴이)이며 신지학협회 회장이기도 했다. 앨런 긴스버그와 잭 케루악이 그녀의 글에 매료되었다. 그리고 아틀란티스서점의 주요 관심 분야를 형성한 인물인 19세기 말 러시아의 신비주의자 헬레나 페트로브나 블라바츠키의 사진 액자가 내 머리 위에 있었다. 그녀는 이 서점에 있는 많은 작가들을 지적 · 영적으로 이끈 인물이었다.

어느 모퉁이에 프랜시스 베이컨과 16세기 장미십자회Roiscrucians(17세기 초 독일에서 결성된 비밀 학술단체로 신비주의, 연금술, 점성술만이 아니라 수학, 물리학, 생물학, 의학도 공부했다-옮긴이)에 대한 책이 있었고, 그 뒤에는 프리메이슨Freemason(중세 유럽의 석공과 건축가 조합에서 비롯된 비밀결사로 서구 신비주의 전통을 바탕으로 모든 종교를 뛰어넘는 보편적인 종교를 추구하며, 형제애를 강조함-옮긴이)을 생생하게 설명한 책이 있었다. 몇몇 손님은 순전히 다른 세상에서 온 듯한 책들을 구경하기 위해 이 서점에 오기도 한다.

17세기 연금술사이자 철학자들이 쓴 책은 한곳에 모여 있었다. 책표지는 단순하고 선명했다. 그 안에 담긴 위험스러운 주장들은 두꺼운 책표지에 갇혀 있어도 결코 길들여지지 않을 것이다. 나는 13세기 마법사 로저 베이컨Roger Bacon에 대한 책이 있나 둘러보았다. 엘리자베스 1세의 수학자였으며, 당대 잉글랜드에서 최고의 장서를 소유했던 존 디John Dee 박사에 대한 책도 찾아보았다. 존 디 박사는 자신에게 계산과 마법은 결코 뗄 수 없는 관계라고 말했다. 그에게는 계산과 마법은 모두 '순수 진리'였다. 현실 세계에서 발견되고 그 속에서 일상적으로 사용되어야 할, 검증된 진실이었다. 그는 이러한 자신의 신념이 레오나르도 다빈치의 〈비트루비우스의 인간 Vitruvian Man〉의 우주적 조화 속에 전적으로 표현되어 있다고 믿었다. 그는 그 그림을 일곱 부나 가지고 있었다.

T. S. 엘리엇도 분명 이 서점에서 구르지예프의 책을 몇 권 샀을 것이다. 엘리엇이 〈황무지〉를 출간한 1922년에 아틀란티스서점은 이미 영업 중이었다(뮤지엄 스트리트에 있지는 않았지만). 그 무렵 엘리엇은 여전히 피요트르 우스펜스키에게서 "위대한 가르침"을 찾고 있었다. 아틀란티스서점은 1946년에 뮤지엄 스트리트로 이전했다. 엘리엇이 아틀란티스의 역사를 그리듯 "불행했던 어느 낮과 밤의 지나가는 순간들"을 기록한 《네 개의 사중주》를 발표한 지 2년이 지난 뒤였다.

벽난로 위의 거울을 보니 책장 위 식물들이 더 무성해 보이고, 커다랗고 낯선 새 한 마리가 서점을 가로 지르고 있었다. 낯설고 기이한 것은 한편으로는 친숙하고 매혹적인 법이다. 워크숍과 강의, 강연자, 토론회를 알리는 알림장이 나무책장과 벽에 붙어 있다. 흰 린넨 천을 댄 시골풍의 바구니에 전단지와 타로 세트, 카드, 양초가 담겨 있었다. 어느 것도 평범하지 않았다. 빙글빙글 돌아가는 거치대에는 이국적인 형상이 담긴 카드들이 꽂혀 있다. 뒤를 돌아보니 불 켜진 탁자 위에 아스트롤라베astrolabe(고대부터 중세까지 그리스, 아라비아, 유럽에서 사용한 천체관측기구-옮긴이) 그림과 별과 달이 표지에 가득한 책들이 있었다. 점성술과 신화, 신비주의에 관련된 최신 책들을 소개하는 곳이었다. 책이 대체로 커서 의자에 앉아서야 쉽게 펼 수 있었다. 켈틱 알바Celtic Alba(스코틀랜드를 일컬음)와 켈트 샤머니즘, 켈트 신화에 대한 책인《켈트의 요정들Faeries in the Irish Tradition》의 장정본도 있었다.

오컬트 전문서점이긴 했지만 소설과 일반 도서도 더러 있었다. 나는 타로에 대한 작은 책을 한 권 샀다. 그러고는 뮤지엄 스트리트를 내다보았다. 서점 진열창 전시물 중에 불 켜진 램프가 놓인 작고 하얀 탁자가 눈에 들어왔다. 얼음처럼 차디 찬 아침을 우아하고 따뜻하게 녹여줄 마지막 보루처럼 보였다.

음악을 틀지는 않았지만 나는 그 큰 공간에서 리듬을 느꼈다. 어쩌면 내 심장의 리듬이었는지 모른다. 어쩌면 서점의 리듬이었는지도. 누군가 배달을 오고 사인을 하고 정리하는 듯한 소리가 났다. 하지만 일단 문이 닫히고 나자 서점은 다시 혼자서 출렁이는 바다가 되었다.

아들이 부탁한 책이 다 포장되었다. 이제 가야 할 시간이다. 그런데 들고 갈 책이 너무 많았다. 결국 그 아름다운 책들을 우편으로 보내기로 했다. 내 주소가 조용한 서점에 울려 퍼졌다. 지상에서의 나의 거처와 이곳의 마법이 서로 닿는 순간이었다.

나는 세상의 이미지, 이마고 문디에서 그게 어디쯤일까 생각해보았다.

오래된 빛
나만의 서점

1판 1쇄 펴냄 2013년 12월 20일
1판 3쇄 펴냄 2017년 11월 9일

지은이 / 앤 스콧
옮긴이 / 강경이
일러스트레이션 / 이정호
펴낸이 / 안지미
아트디렉터 / 안지미
제작처 / 공간

펴낸곳 / 알마 출판사
출판등록 2006년 6월 21일 제406-2006-000044호
주소 121-869 서울시 마포구 연남로 1길 8, 4~5층
전화 02.324.3800판매 02.324.2844편집
전송 02.324.1144
전자우편 alma@almabook.com
페이스북 /almabooks
트위터 @alma_books
인스타그램 @alma_books

ISBN 979-11-85430-02-7 03840

이 책의 내용을 이용하려면 반드시 저작권자와 알마 출판사의 동의를 받아야 합니다.
이 도서의 국립중앙도서관 출판시도서목록(CIP)은 서지정보유통지원시스템 홈페이지
(http://seoji.nl.go.kr)와 국가자료공동목록시스템(http://www.nl.go.kr/kolisnet)에서
이용하실 수 있습니다.(CIP제어번호: CIP 2013026029)

알마 출판사는 아이쿱생협과 더불어 협동조합의 가치를 실현하는 출판사입니다.
살아 숨 쉬는 인문 교양, 대안을 담은 교육 비평, 오늘 읽는 보람을 되살린 고전을 펴냅니다.